同题散文经典

陈子善 蔡翔 ◎ 编

叶圣陶 老舍 等 ◎ 著

游了三个湖
大明湖之春

人民文学出版社

图书在版编目(CIP)数据

游了三个湖 大明湖之春 / 叶圣陶等著;陈子善,蔡翔编.
—北京:人民文学出版社,2017(2024.10重印)
(同题散文经典)
ISBN 978-7-02-012595-1

Ⅰ.①游… Ⅱ.①叶… ②陈… ③蔡… Ⅲ.①散文集
-中国-现代②散文集-中国-当代 Ⅳ.①I266

中国版本图书馆 CIP 数据核字(2017)第 068958 号

责任编辑:李 娜 张玉贞
封面设计:汪佳诗

出版发行 人民文学出版社
社 址 北京市朝内大街 166 号
邮政编码 100705

印 刷 山东新华印务有限公司
经 销 全国新华书店等

开 本 890 毫米×1240 毫米 1/32
印 张 6
插 页 2
字 数 130 千字
版 次 2008 年 8 月北京第 1 版
印 次 2024 年 10 月第 4 次印刷

书 号 978-7-02-012595-1
定 价 39.00 元

如有印装质量问题,请与本社图书销售中心调换。电话:010 - 65233595

编辑例言

　　中国素来是散文大国,古之文章,已传唱千世。而至现代,散文再度勃兴,名篇佳作,亦不胜枚举。散文一体,论者尽有不同解释,但涉及风格之丰富多样,语言之精湛凝练,名家又皆首肯之。因此,在时下"图像时代"或曰"速食文化"的阅读气氛中,重读散文经典,便又有了感觉母语魅力的意义。

　　本着这样的心愿,我们对中国现当代的散文名篇进行了重新的分类编选。比如,春、夏、秋、冬,比如风、花、雪、月等等。这样的分类编选,可能会被时贤议为机械,但其好处却在于每册的内容相对集中,似乎也更方便一般读者的阅读。

　　这套丛书将分批编选出版,并冠之以不同名称。选文中一些现代作家的行文习惯和用词可能与当下的规范不一致,为尊重历史原貌,一律不予更动。考虑到丛书主要面向一般读者,选文不再注明出处。由于编选者识见有限,挂一漏万在所难免,因此,遗珠之憾也将存在。这些都只能在编选过程中逐步弥补,敬请读者诸君多多指教。

目录

湖

里西湖的一角落

◎郁达夫

记得是在六七年——也许是十几年了——的前头,当时映霞的外祖父王二南先生还没有去世,我于那一年的秋天,又从上海到了杭州,寄住在里湖一区僧寺的临水的西楼;目的是想去整理一些旧稿,出几部书。

秋后的西湖,自中秋节起,到十月朝的前后,有时候也竟可以一直延长到阴历十一月的初头,我以为世界上更没有一处比西湖再美丽,再沉静,再可爱的地方。

天气渐渐凉了,可是还不至于感到寒冷,蚊蝇自然也减少了数目。环抱在湖西一带的青山,木叶稍稍染一点黄色,看过去仿佛是嫩草的初生。夏季的雨期过后,秋天百日,大抵是晴天多,雨天少。万里的长空,一碧到底,早晨也许在东方有几缕朝霞,晚上在四周或许上一圈红晕,但是皎洁的日中,与深沉的半夜,总是青天浑同碧海,教人举头越看越感到幽深。这中间若再添上几声络纬的微吟和蟋蟀的低唱,以及山间报时刻的鸡鸣与湖中代步行的棹响,那湖上的清秋静境,就可以使你感味到点滴都无余滓的地步。"秋天好,最好在西湖……"我若要唱一阕小令的话,开口就得念这么的两句。西湖的秋日真是一段多么发人深省,迷人骨的时季吓!(写到了此地,我同时也在流滴着口涎。)

是在这一种淡荡的湖月林风里，那一年的秋后，我就在里湖僧寺的那一间临水西楼上睡觉，抽烟，喝酒，读书，拿笔写文章。有时候自然也到山前山后去走走路，里湖外湖去摇摇船，可是白天晚上，总是在楼头坐着的时候多，在路上水上的时候少，为的是想赶着这个秋天，把全集的末一二册稿子，全部整理出来。

但是预定的工作，刚做了一半的时候，有一天午后二南老先生却坐了洋车，从城里出来访我了。上楼坐定之后，他开口就微笑着说："好诗！好诗！"原来前几天我寄给城里住着的一位朋友的短札，被他老先生看见了；短札上写的，是东倒西歪的这么的几行小字："遁窜禅房日闭关，夜窗灯火照孤山，此间事不为人道，君但能来与往还。"被他老先生一称赞，我就也忘记了本来的面目，马上就教厨子们热酒，煮鱼，摘菜，做点心。两人喝着酒，高谈着诗，先从西泠十子谈起，波及了杭郡诗辑，两浙辅轩的正录续录，又转到扬州八怪，明末诸贤的时候，他老先生才忽然想起，从袋里拿出了一张信来说：

"这是北翔昨天从哈尔滨寄来的信，要我为他去拓三十张杨云友的墓碣来，你既住近在这里，就请你去代办一办。我今天的来此，目的就为了这件事情。"

从这一天起，我的编书的工作就被打断了，重新缠绕着我，使我时时刻刻，老发生着幻想的，就是杨云友的那一个小小的坟亭。亭是在葛岭的山脚，正当上山路口东面的一堆荒草中间的。四面的空地，已经被豪家侵占得尺寸无余了，而这一个小小的破烂亭子，还幸而未被拆毁。我当老先生走后的第二天带了拓碑的工匠，上这一条路去寻觅的时候，身上先钩惹了一身的草子与带刺的荆棘。到得亭下，将荒草割了一割，为探寻那一方墓碣又费了许多工夫。直到最后,扫去了坟周围的几堆垃圾牛溲,捏紧鼻头,绕到了坟的后面,跪下去一摸一看,才发现了那一方以青石刻成的张北翔所写的明女士杨云友的碑铭。这时候太阳已经打斜了,从山顶上又吹下了一天西北风来。我跪伏在污臭的烂泥地上,从头将这墓碣读了一遍,觉得立不起身来了;一种无名的伤感,直从丹田涌起,冲到了心,冲上了头。等那位工匠走近身边,叫了我几声不应,使了全身的气力,将我扶起的时候,他看了我一面,也突然间骇了一大跳。因为我的青黄的面上,流满了一脸的眼泪,眼色也似乎是满带了邪气。他以为我白日里着了鬼迷了,不问皂白,就将我背贴背地背到了石牌坊的道上,叫集了许多住在近边的乡人,抬送我到了寺里。

过了几天,他把三十张碑碣拓好送来了;进寺门之后,在楼下我就听见他在轻轻地问小和尚说:

"楼上的那位先生,以后该没有发疯罢!"

小和尚骂了他几声"胡说!"就跑上楼来问我要不要会他一面,我摇了摇头只给了他些过分的工钱。

这一个秋天,虽则为了这一件事情而打断了我的预定的工作,但在第二年春天出版的我的一册薄薄的集子里,竟添上了一篇叫作《十三夜》的小说。小说虽则不长,由别人看起来,或许也不见得有什么好处,但在我自己,却总因为它是一个难产的孩子,所以格外地觉得爱惜。

过了几年,是杭州大旱的那一年,夏天絜妻带子,我在青岛北戴河各处避了两个月暑,回来路过北平,偶尔又在东安市场的剧园里看了一次荀慧生扮演的《杨云友三嫁董其昌》的戏。荀慧生的扮相并不坏,唱做更是恰到好处,当众挥毫的几笔淡墨山水,也很可观,不过不晓得为什么,我却觉得杨云友总不是那一副相儿。

又是几年过去了,一九三六年的春天,忽而发了醉兴,跑上了福州。福州的西城角上,也有一个西湖。每当夏天的午后,或冬日的侵晨,有时候因为没地方走,老跑到这小西湖的边上去散步。一边走着,一边也爱念着"天下西湖三十六,就中最好是杭州"的两句成语,以慰乡思。翻翻福州的《西湖志》,才晓得宛在堂的东面,斜坡草地的西北方,旧有一座强小姐的古墓,是很著灵异的。强小姐的出身世系,我也莫名其妙,但是宋朝有一位姓强的余杭人,曾经著过许多很好的诗词,我仿佛还有点儿记得。这一个强小姐墓,当然是清朝的墓,而福州土著的人,或者也许有姓强的,但当我走过西湖,走过这强小姐的墓时,却总要想起"钱塘苏小是乡亲"的一句诗,想起里湖一角落里那一座杨云友的坟亭;这仅仅是联想作用的反射么,或者是骸骨迷恋者的一种疯狂的症候? 我可说不出来。

1937 年 3 月 4 日在福州

秋光中的西湖

◎庐隐

　　我像是负重的骆驼般，终日不知所谓地向前奔走着。突然心血来潮，觉得这种不能喘气的生涯，不容再继续了，因此便决定到西湖去，略事休息。

　　在匆忙中上了沪杭甬的火车，同行的有朱、王二女士和建，我们相对默然地坐着。不久车身蠕蠕而动了，我不禁叹了一口气道："居然离开了上海。"

　　"这有什么奇怪，想去便去了！"建似乎不以我多感慨的态度为然。

　　查票的人来了，建从洋服的小袋里掏出了四张来回票，同时还带出一张小纸头来，我捡起来，看见上面写着："到杭州：第一大吃而特吃，大玩而特玩……"真滑稽，这种大计划也值得大书而特书，我这样说着递给朱、王二女士看，她们也不禁哈哈大笑了。

　　来到嘉兴时，天已大黑。我们肚子都有些饿了，但火车上的大菜既贵又不好吃，我便提议吃茶叶蛋，便想叫茶房去买，他好像觉得我们太吝啬，坐二等车至少应当吃一碗火腿炒饭，所以他冷笑道："要到三等车里才买得到。"说着他便一溜烟跑了。

　　"这家伙真可恶！"建愤怒地说着，最后他只得自己跑到三等车去买来。吃茶叶蛋我是拿手，一口气吃了四个半，还觉得肚子里空无所有，不过当我伸手拿第五个蛋时，被建一把夺了去，一面埋怨道："你这个人真不懂事，吃那么许多，等些时又要闹胃痛了。"

这一来只好咽一口唾沫算了。王女士却向我笑道："看你个子很瘦小，吃起东西来倒很凶！"其实我只能吃茶叶蛋，别的东西倒不可一概而论呢！我很想这样辩护，但一转念，到底觉得无谓，所以也只有淡淡地一笑，算是我默认了。

车子进杭州城站时，已经十一点半了，街上的店铺多半都关了门，几盏黯淡的电灯，放出微弱的黄光，但从火车上下来的人，却吵成一片，挤成一堆，此外还有那些客栈的招揽生意的茶房，把我们围得水泄不通，不知花了多少力气，才打出重围叫了黄包车到湖滨去。

车子走过那石砌的马路时，一些熟习的记忆浮上我的观念界来。一年前我同建曾在这幽秀的湖山中做过寓公，转眼之间早又是一年多了，人事只管不停地变化，而湖山呢，依然如故，清澈的湖波，和笼雾的峰峦似笑我奔波无谓吧！

我们本决意住清泰第二旅馆，但是到那里一问，已经没有房间了，只好到湖滨旅馆去。

深夜时我独自凭着望湖的碧栏，看夜幕沉沉中的西湖。天上堆叠着不少的雨云，星点像怕羞的女郎，踯躅于流云间，其光隐约可辨。十二点敲过许久了，我才回到房里睡下。

晨光从白色的窗幔中射进来，我连忙叫醒建，同时我披了大衣开了房门。一阵沁肌透骨的秋风，从桐叶梢头穿过，飒飒的响声中落下了几片枯叶，天空高旷清碧，昨夜的雨云早已躲得无影无踪。秋光中的西湖，是那样冷静、幽默，湖上的青山，如同深纽的玉色，桂花的残香，充溢于清晨的气流中。这时我忘记我是一只骆驼,我身上负有人生的重担。我这时是一只紫燕,我翱翔在清隆的天空中,我听见神祇的赞美歌,我觉到灵魂的所在地……这样的,被释放不知多少时候,总之我觉得被释放的那一刹那,我是从灵宫的深处流出最惊喜的泪滴了。

建悄悄地走到我的身后,低声说道:"快些洗了脸,去访我们的故居吧!"

多怅惘呵,他惊破了我的幻梦,但同时又被他引起了怀旧的情绪,连忙洗了脸,等不得吃早点便向湖滨路崇仁里的故居走去。到了弄堂门口,看见新建的一间白木的汽车房,这是我们走后唯一的新鲜东西。此外一切都不曾改变,墙上贴着一张招租的帖子,一看是四号吉房招租……"呀! 这正是我们的故居,刚好又空起来了,喂,隐! 我们再搬回来住吧!"

"事实办不到……除非我们发了一笔财……"我说。

这时我们已到那半开着的门前了,建轻轻推门进去。小小的院落,依然是石缝里长着几根青草,几扇红色的木门半掩着。我们在客厅里站了些时,便又到楼上去看了一遍,这虽然只是最后几间空房,但那里面的气氛,引起我们既往的种种情绪,最使我们觉到怅然的是陈君的死。那时他每星期六多半来找我们玩,有时也打小牌,他总是摸着光头懊恼地说道:"又打错了!"这一切影像仍逼真地现在目前,但是陈君已做了古人,我们在这空洞的房子里,沉默了约有三分钟,才怅然地离去。走到弄堂门的时候,正遇到一个面熟的娘姨——那正是我们邻居刘君的女仆,她很殷勤地要我们到刘家坐坐。我们难却她的盛意,随她进去。刘君才起床,他的夫人替小孩子穿衣服。我们这两个不速之客够使他们惊诧了。谈了一些别后的事情,抽过一支烟后,我们告辞出来。到了旅馆里,吃过鸡丝面,王、朱两位女士已在湖滨叫小划子,我们讲定今天一天玩水,所以和船夫讲定到夜给他一块钱,他居然很高兴地答应了。我们买了一些菱角和瓜子带到划子上去吃。船夫是一个五十多岁的忠厚老头子,他洒然地划着。温和的秋阳照着我——使全身的筋肉都变成松缓,懒洋洋地靠在长方形的藤椅背上。看着划桨所激起的波纹,好像万道银蛇蜿蜒不息。这时船已在三潭印月前面,白云庵那里停住了。我们上了岸,走进那座香烟阒然的古庙,一个老和尚坐在那里向阳。菩萨案前摆了一个签筒,我先抱起来摇了一阵,得了一个上上签,于是朱、王二女士同建也都每人摇出一根来。我们大家拿了签条嘻嘻哈哈笑了一阵,便拜别了那四个怒目咧嘴的大金刚,仍旧坐上船向前泛去。

　　船身微微地撼动,仿佛睡在儿时的摇篮里,而我们的同伴朱女士,她不住地叫头疼。建像是天真般地同情地道:"对了,我也最喜欢头疼,随便到哪里去,一吃力就头疼,尤其是昨夜太劳碌了不曾睡好。"

　　"就是这话了,"朱女士说,"并且,我会晕车!"

　　"晕车真难过……真的呢!"建故作正经地同情她,我同王女士禁不住大笑,建只低着头,强忍住他的笑容,这使我更要大笑。船泛到湖心亭,我们在那里站了些时,有些感到疲倦了,王女士提议去吃饭。建讲:"到了实行我'大吃而特吃'的计划的时候了。"

　　我说:"如要大吃特吃,就到'楼外楼'去吧,那是这西湖上有名的饭馆,去年我们曾在这里遇到宋美龄呢!"

　　"哦,原来如此,那我们就去吧!"王女士说。

果然名不虚传，门外停了不少辆的汽车，还有几个丘八先生点缀这永不带有战争气氛的湖边。幸喜我们运气好，仅有唯一的一张空桌，我们四个人各霸一方，但是我们为了大家吃得痛快，互不牵掣起见，各人叫各人的菜，同时也各人出各人的钱，结果我同建叫了五只湖蟹，一尾湖鱼，一碗鸭掌汤，一盘虾子冬笋；她们二位女士所叫的菜也和我们大同小异。但其中要推王女士是个吃喝能手，她吃起湖蟹来，起码四五只，而且吃得又快又干净。再衬着她那位最不会吃湖蟹的朋友朱女士，才吃到一个的时候，便叫起头疼来。

"那么你不要吃了，让我包办吧！"王女士笑嘻嘻地说。

"好吧！你就包办……我想吃些辣椒，不然我简直吃不下饭去。"朱女士说。

"对了，我也这样，我们两人真是事事相同，可以说百分之九九一样，只有一分不一样……"建一本正经地说。

"究竟不同是哪一分呢？"王女士问。

"你真笨伯，这点都不知道，一个是男人，一个是女人呵！"建说。

这时朱女士正捧着一碗饭待吃，听了这话笑得几乎把饭碗摔到地上去。

"简直是一群疯子。"我心里悄悄地想着，但是我很骄傲，我们到现在还有疯的兴趣。于是把我们久已抛置的童年心情，从坟墓里重新复活，这不能说这不是奇迹罢！

黄昏的时候，我们的船荡到艺术学院的门口，我同建去找一个朋友，但是他已到上海去了。我们嗅了一阵桂花的香风后，依然上船。这时凉风阵阵地拂着我们的肌肤，朱女士最怕冷，裹紧大衣，仍然不觉得暖，同时东方的天边已变成灰暗的色彩，虽然西方还漾着几道火色的红霞，而落日已堕到山边，只在我们一眨眼的工夫，已经滚下山去了。远山被烟雾整个地掩蔽着，一望苍茫。小划子轻泛着平静的秋波，我们好像驾着云雾，冉冉地已来到湖滨。上岸时，湖滨已是灯火明耀，我们的灵魂跳出模糊的梦境。虽说这马路上依然是可以漫步无碍，但心情却已变了。回到旅馆吃了晚饭后，我们便商量玩山的计划；上山一定要坐山兜，所以叫了轿班的老头，说定游玩的地点和价目。这本是小问题，但是我们却充分讨论了很久：第一因为山兜的价钱太贵，我同朱女士有些犹疑；可是建同王女士坚持要坐，结果是我们失败了，只得让他们得意洋洋地吩咐轿班第二天早晨七点钟来。

今日是十月九日——正是阴历重九后一日，所以登高的人很多，我们上了山兜，出涌金门，先到净慈观去看浮木井——那是济颠和尚的灵迹。但是在我看来不过一口平凡的井而已。所闻木头浮在当中的话，始终是半信半疑。

出了净慈观又往前走，路渐荒芜，虽然满地不少黄色的野花，半红的枫叶，但那透骨的秋风，唱出飒飒瑟瑟的悲调，不禁使我又悲又喜。像我这样劳碌的生命，居然能够抽出空闲的时间来听秋蝉最后的哀调，看枫叶鲜艳的色彩，领略丹桂清绝的残香，——灵魂绝对的解放，这真是万千之喜。但是再一深念，国家危难，人生如寄，此景此色只是增加人们的哀痛，又不禁悲从中来了……我尽管思绪如麻，而那抬山兜的伕子，不断地向前进行，渐渐地已来到半山之中。这时我从兜子后面往下一看，但见层崖叠壁，山径崎岖，不敢胡思乱想了。捏着一把汗，好容易来到山顶，才吁了一口长气，在一座古庙里歇下了。

同时有一队小学生也兴致勃勃地奔上山来,他们每人手里拿了一包水果一点吃的东西,都在庙堂前面院子里的雕栏上坐着边唱边吃。我们上了楼,坐在回廊上的藤椅上,和尚泡了上好的龙井茶来,又端了一碟瓜子。我们坐在藤椅上,东望西湖,漾着潋潋光波;南望钱塘,孤帆飞逝,激起白沫般的银浪。把四周无限的景色,都收罗眼底。我们正在默然出神的时候,忽听朱女士说道:"适才上山我真吓死了,若果摔下去简直骨头都要碎的,等会儿我情愿走下去。"

"对了,我也是害怕,回头我们两人走下去罢,让她们俩坐轿!"建说。

"好的。"朱女士欣然地说。

我知道建又在使促狭,我不禁望着他好笑。他格外装得活像说道:"真的,我越想越可怕,那样陡削的石级,而且又很滑,万一伏子脚一软那还了得……"建补充的话和他那种强装正经的神气,只惹得我同王女士笑得流泪。一个四十多岁的和尚,他悄然坐在殿里,看见我们这一群疯子,不知他作何感想,但见他默默无言只光着眼睛望着前面的山景。也许他也正忍俊不禁,所以只好用他那眼观鼻,鼻观心的苦功罢!我们笑了一阵,喝了两遍茶才又乘山兜下山。朱女士果然实行她步行的计划,但是和她表同情的建,却趁朱女士回头看山景的一刹那,悄悄躲在轿子里去了。

"喂! 你怎么又坐上去了?"朱女士说。

"呀! 我这时忽然想开了,所以就不怕摔……并且我还有一首诗奉劝朱女士不要怕,也坐上去罢!"

"到底是诗人……快些念来我们听听罢!"我打趣他。

"当然,当然。"他说着便高声念道,"坐轿上高山,头后脚在先。请君莫要怕,不会成神仙。"

这首诗又使得我们哄然大笑。但是朱女士却因此一劝,她才不怕摔,又坐上山兜了。中午的时候我们在龙井的前面斋堂里吃了一顿素菜。那个和尚说得一口漂亮的北京话,我因问他是不是北方人。他说:"是的,才从北方游方驻扎此地。"这和尚似乎还文雅,他的庙堂里挂了不少名人的字画,同时他还问我在什么地方读书,我对他说家里蹲大学,他似解似不解地诺诺连声地应着,而建的一口茶已喷了一地。这简直是太大煞风景,我连忙给了他三块钱的香火资,跑下楼去。这时日影已经西斜了,不能再流连风景。不过黄昏的山色特别富丽,彩霞如垂幔般地垂在西方的天际,奇翠的岗峦笼罩着一层干绡似的烟雾,新月已从东山冉冉上升,远远如弓形的白堤和明净的西湖都笼在沉沉暮霭中。我们的心灵浸醉于自然的美景里,永远不想回到热闹的城市去,但是轿夫们不懂得我们的心事,只顾奔他们的归程。"唷咿"一声山兜停了下来,我们翱翔着的灵魂,重新被摔到满是陷阱的人间。于是疲乏无聊,一切的情感围困了我们。

晚饭后草草收拾了行装,预备第二天回上海。这秋光中的西湖又成了灵魂上的一点印痕,生命的一页残史了。

可怜被解放的灵魂眼看着它垂头丧气地又进了牢囚。

丑西湖

◎徐志摩

　　"欲把西湖比西子,浓妆淡抹总相宜。"我们太把西湖看理想化了。夏天要算是西湖浓妆的时候,堤上的杨柳绿成一片浓青,里湖一带的荷叶荷花也正当满艳,朝上的烟雾,向晚的晴霞,哪样不是现成的诗料,但这西姑娘你爱不爱? 我是不成,这回一见面我回头就逃! 什么西湖,这简直是一锅腥臊的热汤! 西湖的水本来就浅,又不流通,近来满湖又全养了大鱼,有四五十斤的,把湖里袅袅婷婷的水草全给咬烂了,水混不用说,还有那鱼腥味儿顶叫人难受。说起西湖养鱼,我听得有种种的说法,也不知哪样是内情:有说养鱼干脆是官家谋利,放着偌大一个鱼沼,养肥了鱼打了去卖不是顶现成的;有说养鱼是为预防水草长得太放肆了怕塞满了湖心;也有说这些大鱼都是大慈善家们为要延寿或是求子或是求财源茂健特为从别地方买了来放生在湖里的,而且现在打鱼当官是不准。不论怎么样,西湖确是变了鱼湖了,六月以来杭州据说一滴水都没有过,西湖当然水浅得像个干血痨的美女,再加那腥味儿! 今年南方的热,说来我们住惯北方的也不易信,白天热不说,通宵到天亮也不见放松,天天大太阳,夜夜满天星,节节高的一天暖似一天。杭州更比上海不堪,西湖那一洼浅水用不到几个钟头的晒就离滚沸不远什么,四面又是山,这热是来得去不得,一天不发大风打阵,这锅热汤,就永远不会凉。我那天到了晚上才雇了条船游湖,心想比岸上总可以凉快些。好,风不来还熬得,风一来可真难受极了,又热又带腥味儿,真叫人发眩作呕,我同船一个朋友当时就病了,我记得红海里两边的沙漠风都似乎较为可耐些!夜间十二点我们回家的时候都还是热虎虎的。还有湖里的蚊虫!简直是一群群的大水鸭子!你一生定就活该。

这西湖是太难了,气味先就不堪。再说沿湖的去处,本来顶清淡宜人的一个地方是平湖秋月,那一方平台,几棵杨柳,几折回廊,在秋月清澈的凉夜去坐着看湖确是别有风味,更好在去的人绝少,你夜间去总可以独占,唤起看守的人来泡一碗清茶,冲一杯藕粉,和几个朋友闲谈着消磨他半夜,真是清福。我三年前一次去有琴友有笛师,躺平在杨树底下看揉碎的月光,听水面上翻响的幽乐,那逸趣真不易。西湖的俗化真是一日千里,我每回去总添一度伤心:雷峰①也羞跑了,断桥折成了汽车桥,哈得②在湖心里造房子,某家大少爷的汽油船在三尺的柔波里兴风作浪,工厂的烟替代了出岫的霞,大世界以及什么舞台的锣鼓充当了湖上的啼莺,西湖,西湖,还有什么可留恋的!这回连平湖秋月也给糟蹋了,你信不信?

"船家,我们到平湖秋月去,那边总还清静。"

"平湖秋月?先生,清静是不清静的,格歇开了酒馆,酒馆着实闹忙哩,你看,望得见的,穿白衣服的人多煞勒瞎,扇子扇

---

① 即西湖边上的雷峰塔,建于宋开宝八年(975),1924 年 9 月 25 日倒坍。

② 通译哈同(1847—1931),犹太人,后入英国籍。1874 年到上海,从事商业投机活动,后成为有名的富翁。

得活血血的,还有唱唱的,十七八岁的姑娘,听听看——是无锡山歌哩,胡琴都蛮清爽的……"

那我们到楼外楼去吧。谁知楼外楼又是一个伤心!原来楼外楼那一楼一底的旧房子斜斜地对着湖心亭,几张揩抹得发白光的旧桌子,一两个上年纪的老堂倌,活络络的鱼虾,滑齐齐的莼菜,一壶远年,一碟盐水花生,我每回到西湖往往偷闲独自跑去领略这点子古色古香,靠在阑干上从堤边杨柳荫里望滟滟的湖光,晴有晴色,雨雪有雨雪的景致,要不然月上柳梢时意味更长,好在是不闹,晚上去也是独占的时候多,一边喝着热酒,一边与老堂倌随便讲讲湖上风光,鱼虾行市,也自有一种说不出的愉快。但这回边楼外楼都变了面目!地址不曾移动,但翻造了三层楼带屋顶的洋式门面,新漆亮光光的刺眼,在湖中就望见楼上电扇的疾转,客人闹盈盈地挤着,堂倌也换了,穿上西崽的长袍,原来那老朋友也看不见了,什么闲情逸趣都没有了!我们没办法移一个桌子在楼下马路边吃了一点东西,果然连小菜都变了,真是可伤。泰戈尔来看了中国,发了很大的感慨。他说:"世界上再没有第二个民族像你们这样蓄意地制造丑恶的精神。"怪不过老头牢骚,他来时对中国是怎样的期望(也许是诗人的期望),他看到的又是怎样一个现实!狄更生先生有一篇绝妙的文章,是他游泰山以后的感想,他对照西方人的俗与我们的雅,他们的唯利主义与我们的闲暇精神。他说只有中国人才真懂得爱护自然,他们在山水间的点缀是没有一点辜负自然的;实际上他们处处想法子增添自然的美,他们不容许煞风景的事业。他们在山上造路是依着山势回环曲折,铺上本山的石子,就这山道就饶有趣味,他们宁可牺牲一点便利,不愿斫丧自然的和谐。所以他们造的是妩媚的石径；欧美人来时不开马路就来穿山的电梯。他们在原来的石块上刻上美秀的诗文，漆成古色的青绿，在苔藓间掩映生趣；反之在欧美的山石上只见雪茄烟与各种生意的广告。他们在山林丛密处透出一角寺院的红墙，西方人起的是几层楼嘈杂的旅馆。听人说中国人得效法西欧，我不知道应得自觉虚心做学徒的究竟是谁？

这是十五年前狄更生先生来中国时感想的一节。我不知道他现在要是回来看看西湖的成绩，他又有什么妙文来颂扬我们的美德！

说来西湖真是个爱伦内①。论山水的秀丽，西湖在世界上真有位置。那山光，那水色，别有一种醉人处，叫人不能不生爱。但不幸杭州的人种（我也算是杭州人），也不知怎的，特别的来得俗气来得陋相。不读书人无味，读书人更可厌，单听那一口杭白，甲隔甲隔②的，就够人心烦！看来杭州人话会说（杭州人真会说话！），事也会做，近年来就"事业"方面看，杭州的建设的确不少，例如西湖堤上的六条桥就全给拉平了替汽车公司帮忙；但不幸经营山水的风景是另一种事业，决不是开铺子、做官一类的事业。平常布置一个小小的园林，我们尚且说总得主人胸中有些丘壑，如今整个的西湖放在一班大老的手里，他们的脑子里平常想些什么我不敢猜度，但就成绩看，他们的确是只图每年"我们杭州"商界收入的总数增加多少的一种头脑！开铺子的老班们也许沾了光，但是可怜的西湖呢？分明天生俊俏的一个少女，生生地叫一群粗汉去替她涂脂抹

---

① 英文 Irony 一词的音译，意即"反讽"。
② 杭州方言（谐音），"怎么怎么"的意思。

粉,就说没有别的难堪情形,也就够煞风景又煞风景! 天啊,
这苦恼的西子!

　　但是回过来说,这年头哪还顾得了美不美! 江南总算是
天堂,到今天为止。别的地方人命只当得虫子,有路不敢走,
有话不敢说,还来搭什么臭绅士的架子,挑什么够美不够美的
鸟眼?

新西湖

◎周瘦鹃

一

　　西湖之美，很难用笔墨描写，也很难用言语形容；只苏东坡诗中"若把西湖比西子，淡妆浓抹总相宜"两句，差足尽其一二。我已十多年不到西湖了，前几年的某一个春季，忽然渴想西湖不已，竟见之于梦。记得明代张岱，因阔别西湖二十八载而作"西湖梦寻"一书，他说："西湖无日不入吾梦中，而梦中之西湖，未尝一日别余也。"我与有同感，因作西湖梦寻诗三十首。其第一首云："我是西湖旧宾客，春来哪不梦西湖？十年未见西湖面，还问西湖忆我无？"其他二十九首，简直把西湖所有的名胜全都梦游到了。

　　西湖之美，虽说很难用笔墨描写，但是也有描写得很好的，如宋代俞国宝《风入松》词和明代袁中郎《昭庆寺小记》，三十年前，我就是给这一词一文吸引到西湖去的。俞词云："一春常费买花钱，日日醉湖边。玉骢惯识西湖路，骄嘶过，沽酒楼前。红杏香中箫鼓，绿杨影里秋千。暖风十里丽人天，花压鬓云偏。画船载得春归去，馀情付，湖水湖烟。明日重扶残醉，来寻陌上花钿。"袁记中有云："山色如蛾，花光如颊，温风如酒,波纹如绫,才一举头,已不觉目酣神醉。此时欲下一语描写不得,大约如东阿王梦中初遇洛神时也。"这一词一文,一写动而一写静,各极其美,端的是不负西湖。

一九五五年四月一日,因送章太炎先生的灵柩安葬于西湖南屏山下,总算和阔别了十多年的西湖重又见面了。当我信步走到湖边的时候,止不住哼着我所喜爱的一首赵秋舲的西湖曲:"长桥长,断桥断,妾意深,郎情短。西湖湖水十分清,流出桃花波太软。"(调寄花非花)我一边哼,一边让两眼先来环游一下,觉得现在的西湖,已是一个新西湖了。环湖所有亭台楼阁,都是红红绿绿的焕然一新,虽觉这种鲜艳的色彩有些儿刺眼,然而非此似乎也不足以见其新啊。

我们一行六人,雇了一艘游艇泛湖去,预定作三小时之游,虽不住地下着雨,却并不减低我们的游兴,反以一游雨湖为乐,昔人不是说晴湖不如雨湖吗?

先到三潭印月,这里因为亭榭和建筑物较多,所以红绿照眼,更觉得触处皆新,惟有那三潭却还保持它们的旧貌;因此记起我的那首梦寻诗来:"我是西湖旧宾客,每逢月夜梦三潭。记曾看月垂杨下,月色溶溶碧水涵。"料想月夜的三潭,一定是名副其实的。

不久我们又冒雨上了游艇,向西泠印社划去。四下里烟雨蒙蒙,南高峰、北高峰以及保俶塔等全都失了踪,湖面上倒像只有我们的一叶扁舟了。西泠印社大部分保持它旧有的风格,布置不俗;小龙泓一带可以望到阮公墩,是最可流连的所在。我最欣赏那边几株悬崖形的老梅树,铁干虬枝,苍古可喜,如果缩小了种在盆子里,加以剪裁,可作案头清供。可惜来迟了些,梅花都已谢了,只有一二株送春梅,还是红若胭脂,似与桃花争妍斗艳一般。山下有堂，陈列着十圆集圆等几盆名兰，而以素心荷瓣的雪香素为最；春兰的花时已过，这几盆大概是硕果仅存的了。堂左有一片空地，搭架张白布幔，陈列春兰、蕙兰、建兰等千余盆，真是洋洋大观，见所未见；料知早一些来逢到春兰的全盛时期，定然幽香四溢，令人如入众香国咧。听说管领这许多兰花的，名诸友仁，是一位艺兰专家，已有数十年的经验。

二

西湖胜处太多了，来不及一一遍游，我们却看上了虎跑。第二天早上便冒雨向虎跑进发。一行七人，除了我夫妇二人外，有汪旭初、谢孝思、范烟桥诸君。一路上谈笑风生，逸情云上。虎跑的泉水清冽可爱，记得往年在这里品茗，曾用七八个铜子放在杯子里，水虽高出杯口，却并不外溢，足见水质之厚了。我们在泉畔喝龙井茶，津津有味，一连喝了好几杯，竟如牛饮。因为连日下雨，涧泉水涨，从乱石间倾泻而下，淘淘可听，下山时我就胡诌了一首打油诗："听水听风不费钱，杏花春雨自绵绵。狮峰龙井闲闲啜，一肚皮装虎跑泉。"

第二个胜处，我们就看上了苏堤。这一条苏堤起南迄北，横截湖中，为苏东坡守杭时所筑，中有六桥：一曰映波，二曰锁澜，三曰望山，四曰压堤，五曰东浦，六曰跨虹。全堤长约八里，夹堤都种桃、柳。苏堤春晓时，的是一片好景。

我们先从映波桥畔"花港观鱼"游起，现在已辟作杭州市公园，拓地二三百亩，布置得楚楚可观，一带用刺杉木做成的走廊和两座伸出湖滩的竹亭，朴雅可喜。有三株垂丝海棠，开得十分娇艳,此时此际,不须高烧银烛照红妆了。一个方形的池子里,红鱼无数,嘭喋有声,我虽非鱼,也知鱼乐,在池边小立观赏,恰符花港观鱼之实。

踏上映波桥,见桥身已新修,栏作浅碧色,似是水泥所筑,柱头狮子雕刻很精,疑是旧制,后问邵裴子先生,才知六桥全是用安徽的茶园石建成,而雕刻也全是新的,这成绩实在太好了。我们边走边赏两面的湖光山色,并欣赏那夹堤拂水的一株株垂柳,真的如入山阴道上,令人目不暇接。

走过了第三条望山桥,便见面湖一座红色的小亭子里,立着一块"苏堤春晓"的碑,微闻杨柳丛中鸟声啁啾,活活地是春晓情景。远望刘庄,一带白墙黑瓦,还保持它旧有的风格,与湖山的景色很为调和。从第一桥到第五桥这一段,实在是苏堤最美的所在,碧水青山绿杨柳,一一奔凑眼底,美不胜收。我还是破题见第一遭走完这条苏堤,真觉得是一种莫大的享受,虽走了八里多路,也乐而忘倦。

走过了第六条跨虹桥,已与市廛接近,景色稍差。汪旭老在我们七人中年事最高,跟着我们走,欲罢不能;而烟桥又嚷起肚子饿来,说鼻子里好似闻到了酒香,要上楼外楼喝酒去。于是我的打油诗又来了:"一条桥又一条桥,行尽苏堤第六桥。强步难为汪旭老,酒香馋煞范烟桥。"一阵子笑声,把我们送上了楼外楼。

三

"峰从何处飞来? 泉自几时冷起?"这是前人对于飞来峰和冷泉的问句。当即有人答道:"峰从飞处飞来,泉自冷时冷起。"答如不答，很为玄妙，给我三十年来留下了深刻的印象，不能忘怀；而对于这灵隐的两个名胜，也就起了特殊的好感。我的西湖梦寻诗中，曾有这么一首："我是西湖旧宾客，梦中灵隐任优游。冷泉已冷何须热，峰既飞来且小休。"于是我们在楼外楼醉饱之后，就向灵隐进发，大家虎虎有生气。

一下汽车，立刻赶到飞来峰一线天那里。峰石上绣满苔藓，经了雨，青翠欲滴。进洞后，仰望一线天，只如鹅眼钱那么大，微微地透着光亮，若隐若现。出了洞，沿着石壁转进，又进了几个洞，彼此通连，好像在一座大厦里，由前厅进后厅，由右厢进左厢一般。往年我似乎没有到过这里，据说一部分还是近二年挖去了淤塞的泥土而沟通的。这一带奇峰怪石，目不暇接。我和孝思俩边走边欣赏边赞叹，不肯放过一峰一石，觉得湖石所堆叠的假山，真是卑卑不足道。

对于飞来峰的评价，以明代张宗子和袁中郎两篇小记中所说的最为精当。张记有云："飞来峰棱层剔透，嵌空玲珑，是米颠袖中一块奇石，使有石癖者见之，必具袍笏下拜，不敢以称谓简亵，只以石丈呼之也。"袁记有云："湖上诸峰，当以飞来峰为第一。峰石逾数十丈，而苍翠玉立。渴虎奔蜺，不足为其怒也。神呼鬼立，不足为其怪也。秋水暮烟，不足为其色也。颠书吴画，不足为其变幻诘曲也。"二人对于飞来峰的倾倒，真的是情见乎词。袁又有戏题飞来峰诗二首："试问飞来峰，未飞在何处？世多少尘，何事飞不去？高古而鲜妍，扬班不能赋。""白玉簪其颠，青莲借其色。惟有虚空心，一片描不得。平生梅道人，丹青如不识。"高古而鲜妍，自是飞来峰的评，无怪扬班不能赋，梅道人描不得了。峰峦尽处，有一大片竹林，在雨中更见青翠，真有万竿烟雨之妙。我们走到中间，流连了好一会,竹翠四匝,衣袂也似乎染绿了。

　　走过红红绿绿的春淙亭,直向冷泉亭赶去,那泉水淘淘之声,早在欢迎我们。我在泉边大石上坐了下来,看那一疋白练,从无数乱石之间夺路下泻,沸喊作声。古人曾说,"此水声带金石,已先作歌舞声矣",比喻更为隽妙。唐代白乐天对冷泉也有很高的评价,他说:"山树为盖,岩谷为屏,云从栋出,水与阶平;坐而玩之,可濯足于床下,卧而狎之,可垂钓于枕上。潺湲潔澈,甘粹柔滑,眼目之曇,心舌之垢,不待盥涤,见辄除去。"我在这里坐了半小时,真觉得俗尘万斛,全都涤尽了,因口占一绝句:"桃花恹恹春寂寂,风风雨雨做清明。何如笠屐来灵隐,领略幽泉泻玉声。"

湖

忆西湖

◎漱石

　　接到舍弟远地来书,信里面附有几首旧诗,一路经行浙闽的纪游之作,尤其是几首西湖的游诗勾引了我,我想起六七年前的旧游地来。淑气催黄鸟,晴光转绿蘋,越罗吴縠,一片空明,真不禁有空桑三宿之感。

　　行行日渐西,暮色宿招提。

　　旋见群鸦散,犹闻数鸟啼。

　　僧堂怜破敝,山色望暗迷。

　　尚有羁愁客,山中此夜栖。

　　这是抄的一首《灵隐寺夜宿》。山寺的荒凉,人事的今昔,从这寥寥数行字中我们已可想而知了。不必说灵隐寺,杭州西湖的大部分胜迹,除了天然山色而外,恐怕多半改变了样子。

　　"人事有代谢,往来成古今。江山留胜迹,我辈复登临。"江山比人事难有变迁,在人事的浮沉代谢之余,能够看到点未改的山河固然是有意义的事,然而,要真正说江山一点不受人事的变迁而变迁怕也不可能吧。亭台楼榭,何莫非江山之助,当你看到破壁颓垣,虽然从这当中也看到寂寞萧条之美,然而总不能不有一种"繁华事散逐香尘"的空虚与惆怅吧。

　　记得我游西湖的那年是在民国二十六年春天。屈指数来,离现在倒又隔开六年了。这六年中,满天烽火,人民固然是流离播迁,要求那种时代的及时行乐,"泉源在庭户"迥不可得,即是江山陵谷之变,亦不堪以缕计。虽然在那个时候,人民的富庶力不一定就高到哪里,接连几年闹着不景气,可是比起事变以来的连年兵戈,生活总算还容易应付。每到江春三月,所谓"杂花生树群莺乱飞"的江南的春天,京沪沪杭甬路上总可以看到络绎不绝的游人,中国人有,外国人也有,带照相机的,带望远镜的,黄皮的快镜小匣儿,配上宽边像渔翁打扮的大草帽儿,拿着手杖,帽上簪朵野花,也不管是男是女,三个一群五个一队,这里面还夹着什么学校什么团体组织的旅行团,布旗子随着骀荡的春风飘扬,车子里全是充满幸福的热烈的空气,青年男女引吭高歌,你打我我逗你地闹着吵着呵着笑着,像疯子,像小孩,也像无忧的天使。英美籍的游客是更阔了。西湖是他们春天常照顾的地方。携有快镜是不算稀奇的。他们所携带的不是 Leica 就是 Contax, Roleiflex,至少也得一只柯达,或是 Roleicord,他们带着专门适合旅行用的"旅行皮箱",轻巧而又漂亮,坐在头二等车里,在绿油的平原和旷野的晴光下,翻阅着一幅幅印得颇为精致的旅行导引的照片……并不是我羡慕,刻实地说,看见这些,坐在火车上的人是常常可以忘记旅途中的疲倦的。

　　西湖,根本是一个秀丽而兼妖媚的风景地。风景的取材各有不同,亦犹画体之各以风格而异。大涤子取其疏散,王石谷取其细密,大李将军取其璀璨,王摩诘取其寂寥,石溪是厚重,而恽南田则是轻盈,正如书法颜鲁公是一个雍容的执笏大夫,赵孟𫖯则是一个美丽的处女,泰山是庄严,峨嵋是峻拔,有的是取其破陋,有的也不妨加以人工。(只要这人工的修饰不违背艺术的条件!)西湖我以为是无害于艺术的人工的。楼阁的参差，朱红的璀璨，或山石之升降，或阑干之曲折，碑的苔阴，亭的抱柱，瓦的琉璃，美人的香冢，邻比着烈士的祠堂，堤前的深绿，衬映朱红的画舫，湖滨凭栏远眺，这些人为的建筑物一一连串起来，结构起来，配合起来，剪裁起来，各种不同的彩色，不恶俗也不刺眼，它们造成一幅幅图案，它们只有更助成湖山之美。

美有天然与人工。天然的美自然是高尚。但是我们也决不能抹煞人工的美。纯然是天然美而不稍假一点人工，即所谓人为的点缀，是决不可能的。尤其是西湖之美，是以秀丽与妩媚见长，除南山路北山路而外，全以平远见胜，既非奇峭，更无险巇，它不是滚滚的大江，不是幽深的山涧，净几铺瓷，纹罗剪绉，粗布乱裙固然有她的丰韵，打扮起来也依然美丽，真是苏东坡说的"淡妆浓抹总相宜"!

正因为这样，所以我总觉得西湖有一种特殊的美。这美如俗说的"秋水为神玉为骨"，是神态风格之美，而不可以意求不可以言诠的美。不在眼波，不在眉山，只是精神的心眼的剔透玲珑。

记得我们动身的那天，是下午上海北站出发，直到晚九时左右到杭，和舍弟分乘两辆人力车一路出发。不知是经过一个什么地方，灰黑的围墙，罩着月光，还垂拂着春暖而又略带晚寒的微风，吹到人身上，神清气爽，车中的慵倦完全吹散，车拉得也仿佛更滑更轻更快了，还没有到西湖，我就觉得有一阵诗意。

西湖的灵秀是更不必说。车子到了旗下(即湖边，昔时旗营的驻扎地，至今俗沿称旗下)，是更美了。春夜的空气中，不过凉也不过暖,但风吹过来你准知道那是春天。这当中像有花香、草香,深山大谷中特有的新鲜的味道,寒潭的皎洁,春水的艳丽,平江的开敞……一刹那间你从味觉的刺激更连带引起许多印象,幻象或联想。

都市的气氛突然显在眼前。管弦笙歌,人声嘈沸,车如流水马如龙,店肆挨排排列着,电灯照得通亮。恶俗吗?并不。整个都市的气氛全被这一阵新鲜的空气缓和了。减少了尘世的恶俗味,而被这新鲜澄澈的春夜的湖风所洗沐,暗黑的湖边,衬在这一片通明绚烂的灯光之后,特别繁华后的静寂,相反的对照,显得更幽深更沉静。

开在旗下的店也特别可爱,布置得清爽整洁,年红的灯光,星星的灯火,点缀在湖边,显得这些店铺一点也不俗。它们都添了缥缈的虚幻的意味。我仿佛联想到海市蜃楼,以一抹烟波为背景而富有变幻的奇丽的景象。

湖滨是西湖最美的地方。拣一个邻湖的旅馆住下,拣一个邻湖的房间,朝晖夕曛,大可以欣赏湖上不同的佳趣。连山若波,群峰堆翠,浮屠远峙,瓯水舒波,湖水的清芬,湖风的迷醉,画栋朝飞,珠帘暮卷,红的朝暾,黄的落日,早雾的霏微,山岚的隐约……不住在靠湖的房间是看不到的。可惜我们不曾住着。我们只是有几次在逛山游湖时逛到湖边。

记得有一次从西泠印社游罢归来,天即小雨,踏着半湿未湿的路,走到湖边公园,游了一天山的腿脚已是疲倦万分,久作以后的休憩,到一个茶舍中,颓唐坐倒,不禁大快。再加上暮色苍然,亭榭外小雨旋止,斜阳一抹,隐几轩前,半明半晦,眼界开轩,腰身轻健,喝着一杯杯龙井茶,就像鼻孔里闻到这山水的新鲜味。红的桥,金碧的亭子,逶迤不断的山,山……

山萦带着湖水，残曛寂寞，影像渐稀……万千思虑后的空明，饱游一天的山水之所得，又像记忆得更清，但也更模糊。不着一字，尽得风流，便是这时的绝妙心境。

在湖边，我们曾经照过几幅相，但是都不甚满意。况且这湖边的美也不是具体可以叙说得出来。湖边的美是与北山路龙井、九溪十八涧相反。湖以敞胜，龙井一带地方以幽深胜。站在湖边眺湖，是一片湖，湖外有山，山外复有湖。自东迤西，是一片山峰，而山峰之上下，相与升降踞伏者则又是亭台楼榭。山峰以青以绿，而亭台楼榭，则又同者以青以绿而异者以碧几朱甍，或参差，或掩映，或照拂，或透露，一望轩敞，心境奔驰。龙井一带的山地则不同。峰峦回抱，万嶂环合，不一定是极高的山，但是陵谷的升降，平原的高低颇多，行到水穷处，坐看云起时的话是确实的。你才走到山的跟前，而一个身转过又看见无尽的山，山或而在左，山或而在右，人行万山中，转出平原外，原外有深谷，深谷外有高冈，不像湖边的开敞之趣。

俞曲园描写的"九溪十八涧"诗比什么人做得都好。我们到九溪十八涧是将近黄昏时，这时候游这种地方是最适合的。不强的日光，深野中更添几分幽邃。高大的树木，夹列着，回环着，山谷中流下的，溪石中涌出的。碧绿的苔痕，纠缠的寄生草，攀附在谷中石上的野花，泉水潺潺地流着，饶有禅意。万山的草香、树香，嗅到鼻子里真愉快极了。忘记了是哪里来的，除了这里还有一个另外的世界。

挑着柴的樵夫插身而进，无言的，相望一眼，了无情绪，但也可以说是极度的沉默的幸福的，看着对面的山，远了又近，移步换形，豁然开朗，近了又远了。

暮色加浓，望见两个和尚，从高冈走下。沿着蓬蒿埋没的小径我们也走过去，我们还打个问讯。沿着石坡、泥径，走过去。又是高的草，衡门，黄墙庙宇，茶场的招牌……渐渐到了龙井寺。

在这条路上我们还经过一个阴森的高大的树林叫作"楠木林"地方，特别有一种蓊郁的意味。这和我们看见龙井寺的暮色中的庙墙有同样的境界。

到古龙井寺天大半黑了。在暮色中看到黄墙，特别是久经步履后得到的休息有一种快乐。寺的结构不定怎样美，可是亭观的高低也还有一点雅致。我们不管天黑，还喝了几杯茶才走。

我以为暮色时候的旅行特别有一种乐趣。游龙井，九溪十八涧是傍晚时候，同样，游湖我们也有一天是傍晚。

从放鹤亭出来天还很亮。走到红亭的后面，望了一下"空谷传声"，地势是幽深得很，在那边好像还有一个祠堂，不曾进去便走了。站在博览会桥旁，望到对面，宝石山、保俶塔、里湖外湖，衬着金黄色阳光，这些建筑物格外显得翕皇富丽。在季候是春天，在画中是大小李的青绿山水，在花中是牡丹。看到这幅景物令我们想到仇十洲顾西眉的人物，宋朝画院派的营造图，但是这里面更多的是遨游的仕女，如云的画舫和不可言说的繁华热闹之气。

走到冯小青墓。斜阳照拂着红柱，香冢是一抹黄色的水泥，繁花寂寞，流水无情，怎能不忆起宝马香车的情况？春风秋月，一曲红绡，如今却是沉默地消歇在湖山一角，与斜阳共寂寞，与风雨共凄迷！

斜隔春色悼红亭！是更有一番惆怅意。

怀着绮艳的但也是灰暗的心情，坐上船，一路游过几个地方……最后是到刘庄。

刘庄的地方不小。布置完全古色古香,这是与汪庄不同的。也不知道是不是因为天晚的关系,我走到里面总觉得有一种阴恻恻的意味。宽大的红木桌椅,雕刻精细的窗棂楹柱,灰色黑色的居多。再走到刘宅墓地一望,一排是许多个冢,湖水咫尺,晚烟暮黑,不辨水天。

入晚的西湖也有一种特别的意味。新涨频添,渐平栏楯,当我们解维登舟,心地萌起一种烟波溟蒙的佳趣,回头望望刘庄,曲折的石栏,亭台的高下,没入晚曛中,轮廓模糊了。绿柳披拂,压堤桥下阴森森,湖水汪洋了,暮色扩张了,汪洋的湖水再调起巨大的暮色,融在人心中的乃有一片无际的苍茫……

湖水溟蒙,山色溟蒙,在灰色的画本上勾着几笔苍绿。可是你也分不出是山是树是堤。

有一只船上发出歌声。壮迈的喉咙从暮色苍然中呼出,好像把这一个静寂的世界又唤醒过来。

旗下的灯火,初则稀疏数点,慢慢地多起来。坐在船上的我们,身在舟中,舟外是湖,湖外是黑夜,好静的心之外也有一种光明的欢喜。人毕竟是好热闹的动物。离群索居长久是不可能的。我们希望船能快到彼岸。然而船并不因为切盼之心而加快,恰巧天又起了一点风,仿佛比先更慢。经过钱王祠,经过仅余一片芜秽的空场的"柳浪闻莺",白天里看不到的幽静荒废的美,这时趁便领略到很多。

湖是静的,夜是静的。——我们还可以听到船桨拨湖水声。但是旗下的那边人声却已经传了过来。这声音自然不清楚,但也不算过小,它们游离着,沸动着,又像颤抖着。连带的灯火光也跳动起来。渐渐地人声高了,灯火光也更多了。由湖离岸愈近,这层次显然地逐渐转变着。坐在船上享受着静寂的春夜的,眼睛看着远方的灯,耳朵听着远方的声音,而这声音,这光,又渐渐地变动着。由寂寞到热闹,由黑暗到光明……这的确是一个有趣的事。

我们游西湖的天数不多,可是为了我们预定一个详密的计划,依照计划实行,同时游历的速度又尽量增加,不作无谓的耽搁,所以大部分的风景总算都已玩到。

游程共分三路:一是南山路;二是北山路;三是游湖。第一天游湖是一个朋友领导我们的。可是从此我得了经验:与其由人领导,还不如自己乱跑乱撞来得有意味。一个土著的趣味是常常因他到过的地方而来得乏味的,然而彼之所弃固莫非我之所取。跟一个熟悉于此道的人走,不听他的话固不可,而且心中也自然会听,那么由他的一言一语,成了我们的圭臬,我们的游兴我们的偏好反不能自由发挥了。

因为第一天游得不能畅兴,第二天我们便根据着"西湖指南"乱闯起来。一早起身,往往跑到晚上才歇。一天要游上好多地方,虽说有点走马看花,但是这种奇情逸趣,恰因健步徜徉,不显着拘泥,相反的有狂放的意味。

西湖之在湖的风景,我最欢喜的"平湖秋月"。"平湖秋月"之以"月"名而更以"秋"名是有意思的。堤旁的柳树四垂,树旁是"平湖秋月"的廊、轩榭。红的窗牖不显得一些伧俗,斜望去,重绕丝丝,画舫初维,明窗净几,俯瞰柔湖,澄澈的湖光,颇有一些阴寒的意境,使你不由得会想起月,想起秋月的寒潭,照见人毛发的涧水;而轩堂中的黑大的乾隆御笔题的"平湖秋月"四字石碑,站在明爽湛然的厅中。在红楹内,在蔚蓝的湖水旁,在绿柳下,在略带一些料峭的春之晨,想起这里的秋天来(虽然现在不是秋天)更或想到夜漏沉沉,精舍、别墅的灯火已熄,野鸥宿草、星月吐辉之时,是中元、中秋,甚或不管上弦下弦的暗月无辉之晚,秋虫在阶砌戚戚私吟,乱风吹衣,高吟动树,偶然吹下一两片黄叶,寒寂的光辉照着白夹的衣裳,窗棂上是月影、树影,墙角落是虫影、竹影,站在黑色的碑旁,凝想着这玄妙的又沉默的宇宙,拖着疲倦的身躯,走到岸边丰草落木之旁,这时能不低吟司空曙的律诗:

短碣碑横草,阴廊画杂苔。

可惜我们游时不在秋天,然而也领略了一点澄清明洁的意趣。

和"平湖秋月"鼎足而三的有"三潭印月"、"湖心亭"。"三潭印月"的九曲桥自然是欢喜热闹的人们喜登的。我好像还记得那里卖碑帖拓本的很多。"三潭印月"果然是有三个石潭,我想,在月光下,容与舟中,看着三个潭影倒也还有趣。

我们游湖心亭的时候,湖心亭的亭已经坏了,有人正在修理着。有一块高大石牌坊,上面刻着"湖心亭"三个字。我们假这石坊做一个天然画框,望过去,四边是淼淼无尽的湖水,人心翛然,觉得渺小如芥。风举身轻,这地方是不错的。

湖中之趣以山者有孤山。实际说,山没有多高,胜者不以山而以湖。湖外有山,而湖中后有陆,这是西湖特有的佳处。徘徊于湖边嫌喧嚣太甚,里湖特有的美点是幽寂,一条长长的柏油路,虽然是柏油路,一点也不显俗,两旁的建筑物,有别庄,有庙宇,有祠堂,都是一例的透着静悄。这里的人迹较少。

春天上午的阳光,照在屋檐上,照在卍字的瓦窗上,树影抖动着,成功各种不同的图案,婆娑地,自然地,静默地,有一种禅意,也有生趣。大门大都闭着,有朱漆大门,有朱色洒金的大门,有木栅,有灰色水泥门,同样的,墙里面披拂着花影。葛岭、宝石山、保俶塔,都是不庞大,不幽深,不峻拔,而适合一种静寂的、玲珑的风景。我特别记得的是葛岭的朝阳台、玛瑙寺,玛瑙寺尤其静寂。它不像杭州的灵隐寺以金碧璀璨和伽蓝的雄壮见长,它只是当得上王维说的"曲径通幽处,禅房花木深。山光悦鸟性,潭影空人心"。我去的时候花卉正繁,红花绿花,掩映着阶前碧草,斑竹的楹联,横砖的匾额,圆洞的门框,一个个望过去,恰好是天然的画框,透明的玻璃窗,玲珑的盆景,灰砖的花坛,花影照在玻窗,蔚蓝的天色烘托着矗立的枝柯,阳光和暖而又幸福地说明出春天的愉快气氛。我爱这院落的幽静,不完全是枯禅的寂寥,在静的空气中荡漾着春天的活力。

就在圆洞门前我立定,照了一个相。

记得我出来的时候还接连跑了许多地方。大概的印象是这样:葛岭的朝阳台我上去过,台虽不高,而眺湖极佳。近挹宝石山保俶塔,远可眺外湖诸胜。这中间还有一个亭子,背倚山冈,深挹青翠,在浓苔丛草间,流泉潺潺地流过,枕流漱石,我想是最好的地方吧。

葛岭最著名的山是宝石山。宝石山的特点是山石的青碧。这山上的石头的确是有点古怪的,不是大块的磅礴,不是訇然的奔磕,丑不算怎么丑,也当不起怎样怪,它只是一种古朴的色彩,灰黑的斑驳的颜色当中泛着深绿的光彩。沿着宝石山一路走去,两旁边山石真好看极了。石乳渗出石缝。潮润润的石肌理,晶莹有光。这不是浮滑的光,是敛藏的光,不是一个油头粉面的少年的新装自炫而是一个庄严的华盖的光彩。

我认为这种绿和虎跑泉门口的绿是有同样的意境的。虎跑泉门口的优点是比宝石山的更幽深更重叠,山石的缝中,山涧的壁下,茑萝的茎上,水藻的叶间,奔涌着,渟蓄着,喷流的,冲激的,高大的山冈上的石头,承贮着寒碧的溪水磨得光洁润滑的黝谷间的石头,远远望过去,你简直被这些古古怪怪的光暗深浅的绿眩花了。宝石山的绿却又是一种。完全是大块的凝重的石头,单纯地排列着,不像虎跑泉的幽奇、变幻。在山顶川正洞的附近我徘徊了多时,我凝望着这些美丽的有古色古香的石头,心里油然有一种向往之思,好像这些石头不是单纯的矿物而是汉瓦与秦砖。

北山栖霞路一带有名的是几个洞,中间最奇突的自然要推紫云。洞的面积固然很大,结构也很别致。进去是没有多大,沿着梯子下去,黑暗起来,温度也立刻降低,走到洞底,温度要比洞外相差若干度。这洞的面积大极了。有许多大块的石头,俯仰偃卧,大体作紫色,故称紫云。上面还镌刻有许多佛像。从山石的空隙中看到蓝天一线。同时,站在楼梯口朝上看去,由黑暗望到光明,楼梯的黑影恰巧成个对映,这是一幅极好的图案。

西湖的洞很多。川正据说通到很远的远处,但也只是一种传闻,不足凭信。现在已经闭塞了。我到过的有栖霞、水乐、金鼓、紫云诸洞。紫云的地方算是最大,但是水乐却也有另一种好处。洞不宽敞,到里面可以听到潺潺的水声。虽然很黑暗,很隘窄,特别有"水乐"。和名称倒是符合的。

西湖的山最高的应该算是北高峰，其次南高峰。北高峰的顶上没有什么意思，只有一座无足取的庙宇。我们花了好大力气爬上山，看了一看，立刻便又下去了。不过一路上山途中经过韬光的风景倒是很有意思。竹林夹道，绿荫森森，随着山势高低而参差披拂，风动竹篁，阳光也筛动起来。中午的春天，略微有些暖意，看见森森的翠绿，心境清凉起来。寺院的和尚唪经声，法器的宏鸣，磬的沉着，木鱼的孤独，铙钹的清脆，跟着和风吹过来，踏着轻巧的步子，竹尖随风摆拂，动的世界，繁嚣的世界在这声响当中完全净化了。杂乱变成单纯，虚妄回到真实。

尤其是从北高峰而下沿一条小路直奔飞来峰时，我们还听到梵器的清音。当我们重看见那一个高大的梵宇时，已是黄昏时候。聚集在排坊里外的无数的摊贩，小孩子玩的刀、枪，土制的喇叭，老太婆进香用的篾篮，念珠，天竺筷，藕粉，张小泉剪刀，五光六色地在暮色中渐渐消失了光彩。可是游人依然是很多，载着满满的倦游而归的旅客的汽车挟着黄尘驰过。靠近岳庙的一些菜馆依然是拥挤着人，杏花村岸旁的船稀少了。人影也渐渐模糊起来。

最不能忘记的是我坐在公共汽车上经过"双峰插云"的一段景。这印象模糊了。……西湖的山野的黄昏。……从龙井寺归来，一路地奔跑着，抢着暮色中要赶到"双峰插云"。从黑暗中，从幽蔽的富有诗情的境域，却又是插进一种紧张和一种暮色苍然的阴森的情绪，不愿意离开这世界以外的世界，但当我们看到通行那汽车的马路时又是多么地欢欣。我们跳上汽车，在久久隔离了湖而投入山野的心中又有了一种新的怀恋。

在上海坐公共汽车这种事是极无聊的,可是在一个驶向西湖的车中一点也不觉得单调。经过张苍水墓,"双峰插云",矗立的字碑,平茵的草原,曲折的院落,有花,有树,有池塘,有山石,湖光潋滟,在暮色中仍然放出它的光辉。隔别了才一天的湖入眼便有无限欢喜。我虽然欢喜山林欢喜原野,龙井寺、翁家山、九溪十八涧,都不是平凡的地方,然而游了一日忘却湖上便觉得湖上有特别的可亲。

　　还记得离西湖的一年,才由杭州到家我便立刻翻出许多西湖游记一类的文字来欣赏,借着别人的记载作许多回味。我认为游一个名胜风景不仅在当时的登临凭眺,更在事后的回思追忆。

　　风景的佳处不在一春一秋。四时都有它的佳妙。我眷恋西湖的美丽,原来决定重游一次的,可是第二年战争爆发,一直延到现在我不曾再去过。在我移居江北的一年冬天,因为穷乡僻壤的沉闷,可以游览的山川风物实在太少,一方面因为心境沉闷的关系,所以特别怀恋西湖,做了许多回忆西湖的诗。

　　以后到上海时看过一次西湖博览会。是我父亲,我,和我舍弟同去的。父亲是十几年不到西湖了,鱼鸥之约,久久未遂,人事沧桑,生涯累人,回首昔年腰脚,大有少年之羡。我和舍弟都是昔年的浙游人,西湖去不成,只落得在黄尘十丈的海格路中,丁香花园里做"西湖"的"梦寻"。

　　然而也总算够像。除了三潭印月、平湖秋月是利用的模型而外,一部分建筑做得很像。如岳庙、岳武穆王墓、秦桧的铁像、墓前拱门、巍峨的灵隐寺、月下老人祠⋯⋯都有几分近似。在现实的境界不能达到时即使画饼充饥也是好的。

连年为生活忙碌，一年到头没有休息。不是接着舍弟来信，西湖几乎忘了。然而看到这重游的诗篇时，我怀恋西湖的心境又不知是喜是悲。

湖上春深

◎阮毅成

杭州西湖的气候,春夏秋冬,四季分明。每届清明已过,立夏将临,也就是春末夏初,红了樱桃,绿了芭蕉的季节。杭州初春多雨,夏日苦热。一年好景,除去秋高气爽的时期之外,就是湖上春深的时候了!

要知道九十春光,是否将尽,那就要先看杨柳。如果丝垂满地,飞散杨花,则春天就快要完了。而要看杨柳,又当先出涌金门。何以见得?且看黄性之的诗句:

涌金门外柳垂金,三日不来成绿阴。

折取一枝入城去,教人知道已春深。

在北宋的时期,已经有涌金门。门在民国成立以后,业已拆除。现在只有涌金桥,还存在于湖滨路与南山路之间。而由涌金桥引进来的湖水,乃成为浣纱溪。沿溪两岸,均植有杨柳树。每到农历四月,则沿溪的柳树,也都花絮遍飞,老干渐已成荫,将溪面上的阳光,渐次遮没。那下垂的柳条,飘拂在水面上,这就是表示成长了。

西湖并不完全是游观之地,其本身即具有灌溉的水利作用。江南水乡,到了这个时候,家家户户,皆甚忙碌。且看宋朝范成大的村庄即事诗:

绿遍山原白满川,子规声里雨如烟。

乡村四月闲人少，才了蚕桑又插田。

在西湖的金沙港，有省立蚕桑学校，专收男生。有杭州市立女子初级中学，专收女生。女子蚕桑讲习所，则在杭州市内的横河桥。养蚕是家庭的副业，蚕宝宝不容易侍候，因而养蚕的少女少妇，皆很辛苦。到了春蚕成茧，则男人们下田插秧的时候到了。秧针要细，秧行要齐。随手插来，皆如一幅美丽的绿色图案。

春深了！西湖的春天花季，也已结束。但是虽则开到荼靡，花事并未完全了却。兰花、荷花、桂花、菊花、梅花，还要一批接一批地点缀湖山，使诗人有吟不完的诗句，画家有画不尽的粉本。春深了！春天开的花皆已结子，陆续上市。梅子、杏子、李子、桃子，堆满了市摊。再下去就有枇杷、樱桃、石榴及杨梅，陆续地出现。

春深了！西湖的新茶也已上市。最嫩最香的，是雨前与明前，那是在谷雨与清明两个节日之前所采摘的。产量不多，极为名贵。看刘英的谢龙井寺僧寄茶诗，可以证明：

春茗初收谷雨前，老僧分惠意勤虔。

也知顾渚无双品，须试吴山第一泉。

竹里细烹清睡思，风前小啜悟诸禅。

相酬拟作长歌赠，浅薄何能继玉川。

至于一般的龙井绿茶，在龙井村的茶户人家，皆可以随时供应。龙井村住户不多，皆以种茶为生。到了采茶时节，山居女儿，提篮挈筐，高低错落，在茶树丛中。虽则脂粉不施，却衬映出湖山的天然颜色。游客经过，茶农就用自制的茶壶，煮开了山中的流水，泡上一杯，以为佳宾解渴。那茶又绿又嫩，那茶香可远闻数里。所有烦尘俗虑，完全消除。游客可以一家一家吃过去，不必付一文钱。一直走向九溪十八涧，脱下了鞋袜，涉水而过，到了九溪茶场。在那茶亭中，却悬了一副木板的对联：

　　　　重重叠叠山，曲曲环环路。

　　　　丁丁东东泉，高高下下树。

　　这本来是俞曲园的诗句，用在此处，真是恰当极了！

　　春深了！湖上的笋味更好了！西湖多竹，因而多笋。湖上寺庙，照例供应素斋。而素食之中，总离不开笋味。春笋切成转刀块，拌以麻油酱油，鲜美无比。如要想吃荤，则王润兴饭馆的春笋鲅鱼，最为可口。但无论素吃荤吃，所用春笋，皆须新出土如指尖大小者，才能显出其鲜嫩。诗人余越园先生曾对庙中的方丈说："法师餐餐请我吃笋，真是吃得我胸有成竹了！"可见湖上笋味的普遍。

　　春深了！而我们却尚在台湾。台湾的春季苦短，夏季太长。离开西湖已经二十四年，真是教我如何不想她？

　　　　　　　　　　　　　　　　　　1973 年 5 月，于台北

雨湖

◎沈扬

　　曾经在春阳之下荡舟西子湖,但见远处苏堤上的柳丝在轻风中舞动,如袅袅绿雾;断桥处湖光染翠,树披红云(那应当是烟柳之中的夹竹桃了);而小瀛洲上古典味儿很浓的楼台粉墙与湖中的三塔对应,果真是翠荫华阁,烟波塔影,其美无比。也曾经在夜幕之中舟行湖面,听水声潺潺,看星光闪烁,桨声欸乃之中,有琴声从湖中岛飘来,见鱼儿跃出水面,远岸灯火,在夜色中徐徐移动。一切都在朦胧而寂静的诗意之中。

　　不过我更难忘一次雨中游湖的经历。那是二〇〇〇年的元旦,天空飘着寒雨,我们租船下湖了。早听说雨中西湖、雪中西湖最能激起诗人的诗情。东坡居士在杭州,写了晴湖写雨湖,都是摇曳生姿,灵动有神。张岱的《湖心亭看雪》写雪湖,他对满目雪景的描绘,巧用了与"白"相对的"痕"和"点"等,"惟长堤一痕,湖心亭一点,与余舟一芥,舟中人两三粒而已……"张氏游雪湖时正是旧历新年前后,有一个好心情,所以看瑞雪时分外生灵性,以至于要把包括自己在内的"舟中人"调侃为"两三粒"。

　　我们此刻也成为舟中的"两三粒"了。小船在轻柔的雨线中前行。湖面宽阔,丝雨与湖水对接时,既无声也无形。水兴微澜,绿波上偶尔也有闪光。如若在阳光下,这种光点一定会明亮而耀眼。

西湖的性格是柔和的、温顺的。雨中的湖面似有飘渺的轻烟,更具诗韵。

有鸥鸟在湖面掠水而过,那姿态矫而轻,很是好看。亲水是鸥鸟的天性。湖面上空因飘洒着细雨而使鸟儿更显得兴奋。有时候鸥鸟俯冲而下,尖喙击水之后即快速腾空,扑翅而去。大约是捕捉到了水中之物了。有一只鸥鸟"浮坐"水面,目视雨空,很是悠闲。到了三潭印月的湖面,只见两个石柱子上各有一只鸥鸟栖息。由于是近距离,可以看清硕大的鸟身,背羽灰黑肚羽白,尾羽尖而长。船从三柱间穿过,鸟儿并不惊恐,安然处之。常在"江湖",鸟也练出来了。

很想知道这鸥鸟的名字。船中人七嘴八舌,或说"沙鸥",或称"海鸥"、"湖鸥"。曾记得欧阳修的一首西湖诗,内中写到了鸥鸟,即"沙禽掠岸飞"。禽是鸟类的统称,沙禽即沙鸥大约不会错。"飘飘何所似,天地一沙鸥。"这是杜甫的名句。杜甫也是在船行中看到鸥鸟的,不过那不是西湖,而是在成都附近的一条江中。欧阳先生看到的"沙禽"在湖中,杜甫先生看到的"沙鸥"在江中。可见不论是江中或湖中,都有同一类型的鸥鸟,所谓"江鸥"、"湖鸥",只是人们随意的称谓,并不见得有种类的严格区别。即便是海鸥,也是因地而异取的名称,许多地方江海相连,鸥鸟在海上是海鸥,飞到江上便是江鸥。我想"沙鸥"也未必是正式的学名,很可能是某些地方的俗称,只因诗仙杜甫用到了诗中,后人跟着用罢了。

欧阳修的西湖诗中还有"无风水面"、"隐隐笙歌"、"芳草长堤"等字眼。从这些词语中可以推测,欧阳先生游湖那天是个晴日,湖面清朗,堤岸上芳草鲜美,而耳旁还有阵阵乐声,沙禽就是在乐声的伴和下贴水飞翔,越过翠绿的堤岸,那情景真是很美很美的。诗传人意,看得出欧阳先生那天也是个好心境。

杜甫写"沙鸥"时的情形就不同了。他是在好友——四川节度使严武辞世,失去依靠,离蓉东下的孤舟中咏写此诗的。天地之大,沙鸥之小,飘泊孤零,其凄凉伤感全在诗中。一个是艳阳笙歌,一个是"星垂"、"月浦",这里的隐喻比衬十分明白。物同情异。诗人的过人之处在于从同一类禽鸟的飞动之美中,通过不同的话语,各自找到心灵的依托和宣泄。

此刻我们在雨中,所看到的不是艳阳下的沙禽,也不是星月下的沙鸥,而是雨丝飘曳中的鸥鸟。这其实是烟雨江南常有的好景致。我只是从同一物种的千年绵延和诗人文字的千年存续中,看到一种物质和人文相融相存的无与伦比的生命力,这种恒久的力量令我感动。

堤岸上,有一个香港来的旅游团,一面小旗子上有"新春旅游"的字样。这很可能是一个长游团,从阳历新年一直游到农历新年。神州好风景,岂止一个西子湖! 不过我总觉得他们的游览太匆忙。他们看湖,却难以单个儿与湖对话。在盈盈的湖水旁,他们能听到欧阳修的声音吗?

瘦西湖追感

◎刘庆文

鲍舍利 Bottieelli 是欧洲极著名的美术大家,他在文艺复兴时代,不但也是崇拜在大自然界中探讨其幽微精妙的美,并且时常以理想超出实现之外的作品,来表现一切大自然界的各个的想象的印象。他有最精工的一幅画上,是用人体代替风和花的神,而他所绘美女,又和西方画家,崇尚健康美的,极其不同。他是拜服而摹仿东方色彩,以中国历来所尚的病态美为其绝技。这是西方唯一的美术名家,而钦佩吾华的美术理想和技能的,真是我国艺术史中多么有价值的荣幸!我国美学家,于大自然界中,本来有充分的认识,故自伏羲画卦,即有少女风之称。而词章家多吟风为封家十八姨,行居十八,也是含少艾的意思。画家绘兰花每题曰:空谷佳人。其对象是绝代国色了。其他诗歌绘事中,以美女寓意于花者,不一而足了,这是以美女代替自然界的象征。我国古代称扬病态美的,则为庄子所说的西子捧心了。

现以西方美术家的眼光,观察大自然界中的一切,能超乎理想实现之外,而以苏东坡诗句"欲把西湖比西子"移赠于邗江之瘦西湖,则瘦西湖三字之题名,比一切诗画家的想象作品,能引起人们优美和善的感想,而瘦西湖则有如一幅美女图,开展于游人目前了。瘦西湖的命名,因其湖身瘦削,而位于邗江城西，又取意于杭州的西湖，而冠以瘦字以为分别的，此湖风景，亦可说是杭州西子湖的缩影了。邗江在禹贡即划为扬州，隋为幸都，宋欧阳修休憩处，建有平山堂。亡清王渔洋在邗江，主持风雅，尝以文会友于瘦西湖，筑有馆舍，今增改作徐园了。清代豪富盐商，荟萃于此，穷奢极侈，所有古迹名胜，皆修葺装潢，称盛一时，所以邗江有江北底江南之誉，而其风景尤美者，则为瘦西湖。其游径，出西门，乘小舫，由驾娘刺篙轻驶，荡漾逍遥，湖光潋滟，山色翠微，目睹神移，有如置身西子湖中，而心灵幻想，超乎物外，又仿佛和绝代丽姝承颜接色了。呀！物华天宝，那晴空怎么幻出彩云明霞来，多么灿烂绚丽，莫是锦绣罗裳吗？蓦地的树木，林鸦阵阵地翻飞，这是乌云般的鬟髻所堆成的吧。邗江昔有隋堤柳的称胜，此湖沿岸，绿杨成行，弥望无际，叶儿修长，殆似淡扫翠眉，枝儿袅娜，仿佛轻盈腰肢；那糁径似雪的杨花，可是凝脂的肌肤吗？附近多漪漪的绿竹，当酿着清冷的时气，大有"天寒翠袖薄，日暮倚修竹"的意志。而那纤嫩的玉笋，恰似了手如柔荑了。桃花逞笑，宛如红润粉面；银杏结成，又如惺忪星眸；樱桃初熟，那似点绛朱唇；青山倒影，如同画眉螺黛，树林阴翳，禽鸟幽鸣，若闻环佩玖玖玲玲铮铮的细响。蓦然间，皓月腾辉，繁星射芒，这似所系的明珰宝珠吧？那这金光齐扑到湖面上来，而湖心的小金山的浮屠梵宇，映着这晶莹明澈的天空水底，则成了西天的瑶池琼宫了。这小金山又是江南名胜金山寺具体而微的幽境。寺内有高僧讲经，善男子，信女人，多有来听的。平山堂之厅事中，悬有不全的大屏条十数幅，拓《尚书》一篇，字颇遒劲。徐园院内，有古镀二座，铸满古篆，剥蚀难辨。此二物虽稍残缺，而古色古香，适合润饰这病态美瘦西湖的风雅了。当邗江富盛时,这湖虽名为瘦,而因相属的古迹名胜,装修顿饬,而愈征其病态足美的,所谓"带一分愁容更好"也。自邗江盐业衰歇,运使迁于海州,文士富商,两相灭影,斯湖未免荒废减色,那末,无乃太病了。

既罢此游,所得美感遥深,不禁太息今人有些学识,每含斗争的意向,唯美学最能默化人类于和美亲善,犹如经解篇所说:温柔敦厚之教也。现在列强竞争,莫不有狰狞鬼怪之恶面具,互相残杀,违背天道的自然。国际和平,等于梦境呓语。世界倘欲消散此紧张空气,则各国教育,必积极提倡美学,修养人们的高尚旨趣,使其于大自然界中有深刻的认识。以美术代宗教之意义,或者就在此点。

第五个西湖

◎刘湘如

世有杭州西湖,以佳景媚色著称,苏子有诗为证:"水光潋滟晴方好,山色空濛雨亦奇。欲把西湖比西子,淡妆浓抹总相宜。"古代墨客骚人赞誉西湖佳句万千,以上只是万千佳句之一,已足以令人心驰神往了。

其实可以"比西子"的西湖,在中国还有好几个:一是福州的西湖,雅号"小西湖"。辛弃疾撰词赞之曰:"烟雨偏宜晴更好,约略西施未嫁"。广东省有两个西湖:惠州西湖和潮州西湖。前者又名半湖,山影倒叠,烟景聚散,幽然玄妙之趣横生;后者则大有良家倩女的诱惑,朴素中带几分腼腆。与姐妹们媲美称绝的,尚有扬州"瘦西湖"。单从名字上,便可以知道,她是林黛玉型的,清瘦明丽多姿,又略显出病态的孱弱……

现在我要说的是第五个西湖,即颍西湖,她位于淮北大地的阜阳西郊。其风光佳景,在历史上可与杭州西湖媲美。

据历代史书记载,颍西湖兴于汉唐,而盛于北宋,早在一千多年前就著名于全国。史书上说她"长十里,广三里,水深莫测,广袤相济",她"风光之美,楼台之胜,中有游艇,岸有亭堂,名贤诗人多来此泛舟饮晏"……唐代元结有《颍亭》诗云:"颍上风烟天地迥,颍亭孤尝亦悠哉。"许浑在《颍州从事西湖亭谦饯》诗中也写道:"西湖清晏不知回,一曲离歌酒一杯。城带夕阳闻鼓角,寺临秋水见楼台……"从这些记载中,可见其丰姿多彩的美好状态了。

宋代以后,颍西湖之美达到了全盛时期。清澈如镜的湖面,芳草如茵的长堤,婀娜含烟的翠柳,簇拥着飞阁流丹的亭榭,雕梁粉墙的楼堂及长虹卧波式的拱桥。会老堂、清涟阁、画舫斋、湖心亭、宜远桥、菱荷池等数十名胜,布局合理,精妙入微。

自古胜地得益于名人。北宋皇祐元年(1049),大文学家欧阳修从扬州迁任颍州(即今阜阳)知州,遂把西湖看作掌上明珠,复加修茸,使颍西湖更加明艳。"菡萏香清画舸浮,使君不复忆扬州。却把二十四桥月,换得西湖十顷秋。"从诗人描绘的清芳宜人、轻舟碎影的迷人景象,说明在他心目中,颍西湖有着多么重要的位置。如今你可以从当年的"会老堂"旧址,窥见欧子足迹的一斑:"会老堂"建在靠近湖南岸边高墩上,四面环水,有桥与岸通,是欧阳修与赵概会聚处。当年赵概官居参知政事,在朝中与欧阳修相处甚好,欧阳修被人诬陷时赵曾暗中替欧辩理。当他八十高龄时,曾在颍州访欧阳修于湖上,纵游名胜,流连月余,慨叹人世,畅谈抱负。后来御史中臣吕公著到颍州,特晏会概,修二老堂于此,便从此得名"会老堂"。欧阳修另有诗记其事云:"玉马金堂三学士,清风明月两闲人。"会老堂经历代重修,现存四间,为湖上唯一幸存的古迹。湖上,岸边的阁榭、亭堂、楼院、寺庙,许多虽已荡然无存,但我们从历代诗家墨客的咏诗和华文中,依然能想见旧时的胜迹。

颍西湖的桥也是独有特色的。有的典拱凌波,有的横跨溪流,桥上朱轮飞盖相追,桥下画舸兰桡荡漾,碧波倒影,使湖面添上优美的曲线。欧阳修有《西湖泛舟》诗云:"波光柳色碧溟蒙,曲渚斜桥画舸通。更远更佳惟恐尽,渐深渐密似无穷。"其中宜远桥、望佳桥、飞盖桥谓之"三桥烟景"。明代王道增有诗赞咏"十里西湖拆简来,探奇载酒共徘徊。四老风流今再睹,三桥烟景此重开……"除此三桥外,湖滨还有白龙、怀欧等数桥。颍西湖周围的古迹和风景区则又是"天外有天"。有古城、女郎台、汝阴侯墓、岳湖口、芦花湄、昭灵宫、怡园等等。欧阳修在《西湖泛舟》诗中又云:"半醉回舟谜向背,楼台高下夕阳中。"这一方面道出了湖岸楼台参差错落,建筑之多,另一方面写出了竟日游湖、至夕阳西下时方才回舟的愉悦宽适的匿隐心理。"半醉"岂止醉于酒,尤其醉于湖。西湖白天游人云集,晚上游人也不断,苏轼夜游颍西湖诗云:"银缸画烛照湖明。"欧阳修夜游颍西湖诗云:"夜湖看斗辨东西","明月闲撑野艇游","风清月白偏宜夜,一片琼田,谁羡骖鸾,人在舟中便是仙"。其实,最有资格评价颍西湖优劣的当首推苏东坡,他曾在杭州、扬州、惠州做过地方官,而这几处都有西湖,苏东坡对以上各处西湖都有诗赞咏,他唯独把杭颍二西湖比作美女西施。他咏颍西湖道:"西湖虽小亦西子,萦流作态清而丰。"南宋杨万里在称赞广东惠州西湖三美时,即把惠西湖与杭、颍西湖相比:"三处西湖一色秋,钱塘颍水更罗浮。"(《南海集》)刘克庄在《后村集》中,称赞桂西湖时云:"桂湖亦在西,岂减颍与杭,舟桥杭崇榭,绿波浮轻航。"颍西湖欧阳修祠堂原有一副对联上写:"天下万事几贤官,杭州颍水两西湖。"这些都足以说明杭颍两西湖是当时全国三十一个(据清王晫的《西湖考》)西湖中最佳的两个,确为众湖媲美的标准和美的典型。

历史上的颍西湖之美,招徕名士贤达多汇于此,使没有到

过颍西湖的人对颍西湖亦十分向往。如曾做过杭州知州的沈
遘在京中得知裴中儒到颍州做官，他羡慕得很，写诗送行说：
"我读醉翁思颍诗，恨不六翮东南飞。"宋皇祐元年(1049)，欧
阳修到颍州上任，征鞍方解，就到湖上，他在《到颍治事之明日
行西湖上》诗云："柳絮已将春去远，海棠应恨我来迟……"不
久他便"已有终焉之意"，此后还特约好友梅尧臣"买田于颍"。
他在《寄梅圣俞》中诗云："行当买田清颍上，与子相伴把锄
犁。"欧阳修从知颍到隐退归颍二十三年间，朝廷恩宠屡加，官
尊显位，始终挂念着颍州西湖，曾四次返颍西湖游览。六十岁
后，数年之内，章逾十上，盼望朝廷恩准他隐退归颍。他在《青
州书事》诗中说："君恩天地不违物，归去行歌颍水傍"，"明年
今日若寻我，颍水东西问老农"。熙宁四年(1071)七月，欧阳
修如愿以偿，告老回到多年思念的颍西湖畔，第二年在湖畔逝
世，终年六十六岁。欧阳修一生诗词共存一千零四十多首，其
中有关颍州的诗词就有一百多首。这些都充分说明了他对颍
西湖热爱之深厚，同时更加说明颍西湖在宋代是引人入胜的，
可与杭西湖媲美的一处游览胜地。

可惜世态沧桑，颍西湖早已是月落花谢，成了一片空旷的
水域了。原因固然很多，但最主要原因是清嘉庆以后，黄河堤
道屡屡决口泛滥造成。肆虐的黄水冲击而下，卷荡了淮北平
原的每一片土地，颍西湖自然也深受其害，楼台倾塌，亭榭成
墟，而清可照人的湖水，也因黄水淤积而失却了往日的妖娆妩
媚。那令人倾心留恋的如画秀色，也随黄水之灾去而不回。
渐渐地，她便消失于人们的记忆中，以至许多人提起她，竟对
她产生了陌生之感。只有公正的史书，万古不变地为她做着
骄傲的历史证明。

一九八○年,中共阜阳地委根据有关方面的建议和人民的愿望,决定花大代价重修颖西湖,并作了复修颖西湖的全面规划图。现在这个规划已得到中央有关部门的重视,目前已开始动工兴建,一处处昔日的旧景正在恢复,而且据负责修葺的同志介绍,复修后的颖西湖,将一方面达到原来的全部景状,另一方面并按照现代化生活的需要,使其更加富有美好的诗意。预计,不久的将来,美丽的颖西湖便将以新的姿态,回到我们的生活中,成为劳动人民工作生活、游览憩息的场所,成为安徽省的一个重要旅游中心。到那时,不仅是国内的旅游爱好者,国际友人们也将会到这里一览她的崭新丰彩的。

　　颖西湖将以自己历史的骄傲和现实的娇装存在于世。

大明湖之春

◎老舍

北方的春本来就不长,还往往被狂风给七手八脚地刮了走。济南的桃李丁香与海棠什么的,差不多年年被黄风吹得一干二净,地暗天昏,落花与黄沙卷在一处,再睁眼时,春已过去了!记得有一回,正是丁香乍开的时候,也就是下午两三点钟吧,屋中就非点灯不可了;风是一阵比一阵大,天色由灰而黄,而深黄,而黑黄,而漆黑,黑得可怕。第二天去看院中的两株紫丁香,花已像煮过一回,嫩叶几乎全破了!济南的秋冬,风倒很少,大概都留在春天刮呢。

有这样的风在这儿等着,济南简直可以说没有春天;那么,大明湖之春更无从说起。

济南的三大名胜,名字都起得好:千佛山、趵突泉、大明湖,都多么响亮好听!一听到"大明湖"这三个字,便联想到春光明媚和湖光山色等等,而心中浮现出一幅美景来。事实上,可是,它既不大,又不明,也不湖。

湖中现在已不是一片清水,而是用坝划开的多少块"地"。"地"外留着几条沟,游艇沿沟而行,即是逛湖。水田不需要多么深的水,所以水黑而不清;也不要急流,所以水定而无波。东一块莲,西一块蒲,土坝挡住了水,蒲苇又遮住了莲,一望无景,只见高高低低的"庄稼"。艇行沟内,如穿高粱地然,热气腾腾,碰巧了还臭气烘烘。夏天总算还好,假若水不太臭,多少总能闻到一些荷香,而且必能看到些绿叶儿。春天,则下有黑汤,旁有破烂的土坝;风又那么野,绿柳新蒲东倒西歪,恰似挣命。所以,它既不大,又不明,也不湖。

话虽如此,这个湖到底得算个名胜。湖之不大与不明,都因为湖已不湖。假若能把"地"都收回,拆开土坝,挖深了湖身,它当然可以马上既大且明起来:湖面原本不小,而济南又有的是清凉的泉水呀。这个,也许一时做不到。不过,即使做不到这一步,就现状而言,它还应当算作名胜。北方的城市,要找有这么一片水的,真是好不容易了。千佛山满可以不算数儿,配做个名胜与否简直没多大关系。因为山在北方不是什么难找的东西呀。水,可太难找了。济南城内据说有七十二泉,城外有河,可是还非有个湖不可。泉、池、河、湖,四者俱备,这才显出济南的特色与可贵。它是北方唯一的"水城",这个湖是少不得的。设若我们游湖时,只见沟而不见湖,请到高处去看看吧,比如在千佛山上往北眺望,则见城北灰绿的一片——大明湖;城外,华鹊二山夹着弯弯的一道灰亮光儿——黄河。这才明白了济南的不凡,不但有水,而且是这样多呀。

况且,湖景若无可观,湖中的出产可是很名贵呀。懂得什么叫作美的人或者不如懂得什么好吃的人多吧,游过苏州的往往只记得此地的点心,逛过西湖的提起来便念道那里的龙井茶、藕粉与莼菜什么的,吃到肚子里的也许比一过眼的美景更容易记住,那么大明湖的蒲菜、茭白、白花藕,还真许是它驰名天下的重要原因呢。不论怎么说吧,这些东西既都是水产,多少总带着些南国风味;在夏天,青菜挑子上带着一束束的大白莲花菁葵出卖,在北方大概只有济南能这么"阔气"。

我写过一本小说——《大明湖》——在"一·二八"与商务印书馆一同被火烧掉了。记得我描写过一段大明湖的秋景，词句全想不起来了，只记得是什么什么秋。桑子中先生给我画过一张油画，也画的是大明湖之秋，现在还在我的屋中挂着。我写的，他画的，都是大明湖，而且都是大明湖之秋，这里大概有点意思。对了，只是在秋天，大明湖才有些美呀。济南的四季，唯有秋天最好，晴暖无风，处处明朗。这时候，请到城墙上走走，俯视秋湖，败柳残荷，水平如镜；唯其是秋色，所以连那些残破的土坝也似乎正与一切景物配合：土坝上偶尔有一两截断藕，或一些黄叶的野蔓，配着三五枝芦花，确是有些画意。"庄稼"已都收了，湖显着大了许多，大了当然也就显着明。不仅是湖宽水净，显着明美，抬头向南看，半黄的千佛山就在面前，开元寺那边的"橛子"——大概是个塔吧——静静地立在山头上。往北看，城外的河水很清，菜畦中还生着短短的绿叶。往南往北，往东往西，看吧，处处空阔明朗，有山有湖，有城有河，到这时候，我们真得到个"明"字了。桑先生那张画便是在北城墙上画的，湖边只有几株秋柳，湖中只有一只游艇，水作灰蓝色，柳叶儿半黄。湖外，他画上了千佛山；湖光山色，联成一幅秋图，明朗、素净，柳梢上似乎吹着点不大能觉出来的微风。

对不起，题目是大明湖之春，我却说了大明湖之秋，可谁教亢德先生出错了题呢！

湖

北海纪游

◎朱湘

　　九日下午,去北海,想在那里作完我的《洛神》,呈给一位不认识的女郎。路上遇到刘兄梦苇,我就变更计划,邀他一同去逛一天北海。那里面有一条槐树的路,长约四里,路旁是两行高而且大的槐树,倚傍着小山,山外便是海水了;每当夕阳西下清风徐来的时候,到这槐荫之路上来散步,仰望是一片凉润的青碧,旁视是一片渺茫的波浪,波上有黄白各色的小艇往来其间,衬着水边的芦荻,路上的小红桥,枝叶之间偶尔瞧得见白塔高耸在远方,与它的赭色的塔门,黄金的塔尖,这条槐路的景致也可说是兼有清幽与富丽之美了。我本来是想去那条路上闲行的,但是到的时候天气还早,我们就转入濠濮园的后堂暂息。

　　这间后堂傍着一个小池,上有一座白石桥,池的两旁是小山,山上长着柏树,两山之间竖着一座石门,池中游鱼往来,间或有金鱼浮上。我们坐定之后,谈了些闲话,谈到我们这一班人所作的诗行由规律的字数组成的新诗之上去。梦苇告诉我,有许多人对于我们的这种举动大不以为然,但同时有两种人,一种是向来对新诗取厌恶态度的人,一种是新诗作了许久与我们悟出同样的道理的人,他们看见我们的这种新诗以后,起了深度的同情。后来又谈到一班作新诗的人当初本是轰轰烈烈，但是出了一个或两个集子之后，便销声匿迹，不仅没有集子陆续出来，并且连一首好诗都看不见了。梦苇对于这种现象的解释很激烈，他说这完全是因为一班人拿诗做进身之阶，等到名气成了，地位有了，诗也就跟着扔开了。他的话虽激烈，却也有部分的真理，不过我觉着主要的原因另有两个：浅尝的倾向，抒情的偏重。我所说的浅尝者，便是那班本来不打算终身致力于诗，不过因了一时的风气而舍些工夫来此尝试一下的人。他们当中虽然不能说是竟无一人有诗的禀赋、涵养、见解、毅力，但是即使有的时候，也不深。等到这一点子热心与能耐用完之后，他们也就从此销声匿迹了。诗，与旁的学问旁的艺术一般，是一种终身的事业，并非靠了浅尝可以兴盛得起来的。最可恨的便是这些浅尝者之中有人居然连一点自知之明都没有，他们居然坚执着他们的荒谬主张，溺爱着他们的浅陋作品，对于真正的方在萌芽的新诗加以热骂与冷嘲，并且挂起他们的新诗老前辈的招牌来蒙蔽大众：这是新诗发达上的一个大阻梗。还有一个阻梗便是胡适的一种浅薄可笑的主张，他说，现代的诗应当偏重抒情的一方面，庶几可以适应忙碌的现代人的需要。殊不知诗之长短与其需时之多寡当中毫无比例可言。李白的《敬亭独坐》虽然只有寥寥的二十个字，但是要领略出它的好处，所需的时间之多，只有过于《木兰辞》而无不及。进一层，我们可以说，像《敬亭独坐》这一类的抒情诗，忙碌的现代人简直看不懂。再进一层说，忙碌的现代人干脆就不需要诗，小说他们都嫌没有工夫与精神去看，更何况诗？电影，我说，最不艺术的电影是最为现代人所需要的了。所以，我们如想迎合现代人的心理，就不必作诗；想作诗，就不必顾及现代人的嗜好。诗的种类很多，抒情不过是一种，此外如叙事诗、史诗、诗剧、讽刺诗、写景诗等等哪一种不是充满了丰富的希望,值得致力于诗的人去努力?上述的两种现象,抒情的偏重,使诗不能作多方面的发展,浅尝的倾向,使诗不能作到深宏与丰富的田地,便是新诗之所以不兴旺的两个主因。

我们谈完之后,时候已经不早了,我们便起身,转上槐路,绕海水的北岸,经过用黄色与淡青的琉璃瓦造成的琉璃牌楼,在路上谈了一些话,便租定一只小划船。这时候西北方已经起了乌云,并且时时有凉风吹过白色的水面,颇有雨意,但是我们下了船。我们看见一个女郎独划着一只绿色的船,她身上穿着白色的衣裙,手上戴着白色的手套,草帽是淡黄色的,她的身躯节奏地与双桨交互地低昂着,在船身转弯的时候,那种一手顺划一手逆划两臂错综而动的姿势更将女身的曲线美表现出来;我们看着,一边艳羡,一边自家划船的勇气也不觉地陡增十倍。本来我的右手是因为前几天划船过猛擦破了几块皮到如今刚合了创口的,到此也就忘记掉了。我们先从松坡图书馆向漪澜堂划了一个直过,接着便向金鳌玉蝀桥放船过去;半路之上,果然有雨点稀疏地洒下来了。雨点落在水面之上,激起一个小涡,涡的外缘凸起,向中心凹下去,但是到了中心的时候,又突然地高起来,形成一个白的圆锥,上连着雨丝。这不过是刹那中的事。雨涡接着迅捷地向四周展开去,波纹越远越淡,以至于无。我此时不觉地联想起济慈的四行诗来:

Ever let the fancy roam,

Pleasure never is at home;

At a touch sweet pleasure melteth,

Like to bubbles when rain pelteth.

　　雨大了起来。雨点含着光有如水银粒似的密密落下。雨阵有如一排排的戈矛,在空中熠耀;匆促的雨点敲水声便是衔枚疾走时脚步的声息。这一片飒飒之中,还听到一种较高的声响,那就是雨落在新出水的荷叶上面时候发出来的。我们掉转船头,一面愉快地划着,一面避到水心的席棚下休息。

棹　　歌

水　心

　　仰身呀桨落水中,对长空;俯首呀双桨如翼,鸟凭风。头上是天,水在两边,更无障碍当前;白云驶空,鱼游水中,快乐呀与此正同。

岸　侧

　　仰身呀桨在水中,对长空;俯首呀双桨如翼,鸟凭风。树有浓荫,葭苇青青,野花长满水滨;鸟啼叶中,鸥投苇丛,蜻蜓呀头绿身红。

风　朝

　　仰身呀桨落水中,对长空;俯首呀双桨如翼,鸟凭风。白浪扑来,水雾拂腮,天边布满云霾;船晃得凶,快往前冲,小心呀翻进波中。

雨　天

仰身呀桨落水中,对长空;俯首呀双桨如翼,鸟凭风。雨丝像帘,水涡像钱,一片缭乱轻烟;雨势偶松,暂展朦胧,瞧见呀青的远峰。

春　波

仰身呀桨落水中,对长空;俯首呀双桨如翼,鸟凭风。鸟儿高歌,燕儿掠波,鱼儿来往如梭;白的云峰,青的天空,黄金呀日色融融。

夏　荷

仰身呀桨落水中,对长空;俯首呀双桨如翼,鸟凭风。荷花清香,缭绕船旁,轻风飘起衣裳;菱藻重重,长在水中,双桨呀欲举无从。

秋　月

仰身呀桨落水中,对长空;俯首呀双桨如翼,鸟凭风。月在上飘,船在下摇,何人远处吹箫?芦荻丛中,吹过秋风,水蚓呀应着寒蛩。

冬　雪

仰身呀桨落水中,对长空;俯首呀双桨如翼,鸟凭风。雪花轻飞,飞满山隈,飞向树枝上垂;到了水中,它却消溶,绿波呀载过渔翁。

雨势稍停,我们又划了出来。划了一程之后,忽然间刮起了劲风来;风在海面上吹起一阵阵的水雾,迷人眼睛,朦胧里只见黑浪一个个向我们滚来。浪的上缘俯向前方,浪的下部凹入,真像一群张口的海兽要跑来吞我们似的,水在船旁舐吮作响,船身的颠摇十分厉害:这刻的心境介于悦乐与惊恐之间,一心一目之中只记着,向前划!向前划!虽然两臂麻木了,右手上已合的创口又裂了,还是记着,向前划!

上岸之后,虽然休息了许久,身体与手臂尚自在那里摆动。还记得许多年前,头一次凫水,出水之后,身子轻飘飘的,好像鸟儿在空中飞翔一般;不料那时所感到的快乐又复现于今天了。

吃完点心之后(今天的点心真鲜!),我们离开漪澜堂,又向对岸渡过去,这次坐的是敞篷船。此刻雨阵过了,只有很疏的雨点偶尔飘来。展目远观,见鱼肚白的夕空渲染着浓灰色以及淡灰色的未尽的雨云,深浅不一,下面是暗青的海水,水畔低昂着嫩绿色的芦苇,时有玄脊白腹的水鸟在一片绿色之中飞过。加上天水之间远山上的翠柏之色,密叶中的几点灯光,还有布谷高高地隐在雨云之中发出清脆的啼声,真令人想起了江南的烟雨之景。

上岸后,雨又重新下起来。但是我们两人的兴却发作了:梦苇嚷着要征服自然;我嚷着要上天王殿的楼上去听雨。我们走到殿的前头,瞧见琉璃牌楼的三座孤门之上一毫未湿,便先在这里停歇下来。这时候天已经黑了,我们从槐树的叶中可以看得见天空已经转成了与海水一样深青的颜色,远处的琼岛亮着一片灯光,灯光倒映在水中,晃动闪烁,有波纹把它分隔成许多层。雨点打在远近无数的树上,有时急,有时缓。急时,像独坐在佛殿中,峥嵘的殿柱与庄严的佛像只在隐约的

琉璃灯光与炉香的光点内可以瞧见；沉默充满了寺内殿堂，寂
静弥漫了寺外的山岭；忽然之间，一阵风来，吹得檐角与塔尖
的铁马铜铃不断地响，山中的老松怪柏谡谡地呼吼，杂着从远
峰飘来的瀑布的声响，真是战马奔腾，怒潮澎湃。缓时，像在
座墓园之内，黄昏的时候，鸟儿在树枝上栖息定了，乡人已经
离开了田野与牧场回到家中安歇，坟墓中的幽灵一齐无声地
偷了出来，伴着空中的蝙蝠作回旋的哑舞；他们的脚步落得真
轻，一点声息不闻，只有萤虫燃着的小青灯照见他们憧憧的影
子在暗中来往；他们舞得愈出神，在旁观看的人也愈屏息无
声；最后，白杨萧萧地叹起气来，惋惜舞蹈之易终以及墓中人
的逐渐零落投阳去了；一群面庞黄瘪的小草也跟着点头，飒飒
地微语，说是这些话不错。

　　雨声之中，我们转身瞧天王殿，只见黑魆魆的一点灯光俱
无，我们登楼听雨的计划于是不得不中止了。我们又闲谈起
来。我们评论时人，预想未来，归根又是谈到文学上去。说到
文学与艺术之关系的时候，我讲：插图极能增进读者对于文学
书籍的兴趣，我们中国旧文学书中插图工细别致，《红楼梦》一
书更得到画家不断地为它装画。在西方这一方面的人才真是
多不胜数，只拿英国来讲，如从前的克鲁可贤(Cruikshank)，
现代的比亚兹莱(Bearbsley)，又如自己替自己的小说作插图
的萨克雷(Thackeray)，都是脍炙人口的。还有文学与音乐的
关系，我国古代与在西方都是很密切的，好的抒情诗差不多都
已谱入了音乐，成了人民生活的一部分，新诗则尚未得到音乐
上的人才来在这方面致力。

　　我们谈着，时刻已经不早了。雨算是过去了，但枝叶间雨
滴依然纷乱地洒下，好像雨并没有停住一般。偶尔有一辆人

力车拖过,想必是迟归的游客乘着园内预备的车;还偶尔有人撑着纸伞拖着钉鞋低头走过,这想必是园中的夫役。我们起身走上路时,只见两行树的黑影围在路的左右,走到许远,才看见一盏被雨雾朦了罩的路灯。大半时候还是凭着路中雨水洼的微光前进。

我们一面走着,一面还谈。我说出了我所以作新诗的理由,不为这个,不为那个,只为它是一种崭新的工具,有充分发展的可能;它是一方未垦的膏壤,有丰美收成的希望。诗的本质是一成不变万古长新的,它便是人性。诗的形体则是一代有一代的:一种形体的长处发展完了,便应当另外创造一种形体来代替;一种形体的时代之长短完全由这种形体的含性之大小而定。诗的本质是向内发展的,诗的形体是向外发展的。《诗经》、《楚辞》、荷马的史诗,这些都是几千年上的文学产品,但是我们这班后生几千年的人读起它们来仍然受很深的感动,这便是因为它们能把永恒的人性捉到一相或多相,于是它们就跟着人性一同不朽了。至于诗的形体则我们常看见它们在那里新陈代谢。拿中国的诗来讲,赋体在楚汉发展到了极点,便有诗体代之而兴。诗体的含性最大,它的时代也最长,自汉代上溯战国下达唐代,都是它的时代。在这长的时代当中,四言盛于战国,五古盛于汉魏六朝唐代,七古盛于唐宋,乐府盛的时代与五古相同,律绝盛于唐。到了五代两宋,便有词体代诗体而兴。到了元明与清,词体又一衍而成曲体。再拿英国的诗来讲,无韵体(blank verse)与十四行诗(sonnet)盛于伊丽沙白时代,乐府体(ballad measure)盛于十七世纪中叶,骈韵体(rhymed couplet)盛于多莱登(Dryden)、蒲卜(Pope)两人的手中。我们的新诗不过说是一种代曲体而兴的诗体,将来它的内含一齐发展出来了的时候，自然会另有一种别的更新的诗体来代替它。但是如今正是新诗的时代，我们应当尽力来搜求，发展它的长处。就文学史上看来，差不多每种诗体的最盛时期都是这种诗体运用的初期；所以现在工具是有了，看我们会不会运用它。我们要是争气，那我们便有身预或目击盛况的福气；要是不争气，那新诗的兴盛只好再等五十年甚至一百年了。现在的新诗，在抒情方面，近两年来已经略具雏形，但叙事诗与诗剧则仍在胚胎之中。据我的推测，叙事诗将在未来的新诗上占最重要的位置。因为叙事体的弹性极大，《孔雀东南飞》与荷马的两部史诗（叙事诗之一种）便是强有力的证据，所以我推想新诗将以叙事体来作人性的综合描写。

两行高大的树影矗立在两旁，我们已经走到槐路上了。雨滴稀疏地渐沥着。右望海水，一片昏黑，只有灯光的倒影与海那边的几点灯光闪亮。倒是为了这个缘故，我们的面前更觉得空旷了。

我们走到了团城下的石桥，走上桥时，两人的脚步不期然而然地同时停下。桥左的一泓水中长满了荷叶：有初出水的，贴水浮着；有已出水的，荷梗承着叶盘，或高或矮，或正或欹；叶面是青色，叶底则淡青中带黄。在暗淡的灯光之下，一切的水禽皆已栖息了，只有鱼儿哚喋的声音，跃波的声音，杂着曼长的水蚓的轻嘶，可以听到。夜风吹过我们的耳边，低语道：一切皆已休息了，连月姊都在云中闭了眼安眠，不上天空之内走她孤寂的路程；你们也听着鱼蚓的催眠歌，入梦去罢。

什刹荷香

◎金云臻

　　"什刹海"在老北京的心目中,是极富于魅力的。因为在封建王朝时代,北京城里城外虽然不少园林风景之区,水木清华之地,但大都属于禁地,老百姓是没资格问津的。如果在三伏盛夏,想找个纳凉游憩之地,在城内,唯一的去处就是"什刹海"。

　　什刹海本是旧称海子的一部分。它的范围可分三处,前海、后海和积水潭。什刹海在尽南端,就是前海。它只剩下圆圆的一片荷塘,紧靠北海后门,到清末已发展为著名的纳凉和集市的所在地了。至于从什么时候逐步形成,未加详考。总之到清末,已是浸浸日盛。小时候唱的逛什刹海的民歌,已有"……买一把莲蓬转回家园"的句子(全文四句已忘了)。清光绪年间成书的震钧著《天咫偶闻》,已谈到什刹海,讲到纳凉,讲到茶酒之会,只是还不见有集市迹象。全文不长,不妨抄一抄:

　　　　……都人士游踪,多集于什刹海。以其去市较近,故裙屐争趋。长夏夕阴,大伞初敛,柳阴水曲,团扇风荷,几席纵横,茶瓜狼藉,玻璃十顷,卷浪溶溶,菡萏一枝,飘香冉冉。想唐代曲江,不过如是。

看来什刹海纳凉集市自那时以后，就逐渐形成了。虽然什刹海是以纳凉为主，但由于一时风尚和习俗，形成集市以后，其气氛与庙会也差不多。除各种摊贩之外，总少不了大众小吃和民间娱乐。这对于北京人来说，购买日常用物，离不开庙会，而夏天逛什刹海，一举两得，既可购物，又收纳凉之效，以故什刹海受到当时各个阶层人士欢迎，雅俗共赏。

　　什刹海极盛时期，约在二十年代到三十年代之间。盛夏，下午三四点钟，游人越来越多了。虽然逛什刹海名义上是消夏，但实际上是增加流汗。其时大伞高张，炎暑逼人。走在一边是茶棚，中间是土路，另一边是摊贩和吃食店的夹道上，虽然是在柳荫夹道的堤边，蝉声噪耳，可是由于游人丛集、肩摩踵接，在一片吆喝叫卖，招徕顾客，此起彼歇的嘈嘈杂杂声中，一点清凉消暑的情境也不存在了。不过，人总不免有适应环境的能力，又有"自得其乐"的独得之趣。人为纳凉消暑，既然来到了河沿儿，尽管仍热得要命，但在心理上先有纳凉自我安慰，看到湖塘，看到垂柳，闻到荷香，听到蝉声，就得到纳凉的满足了。即使比庙会还要嘈杂，也能愉快地接受。

　　什刹海集市的范围不算大，只占西岸沿堤一条便道。南岸近马路，过桥就是地安门。东岸较僻静，有白米斜街一代居民区。北岸一角，是集市的尾部，商贩已少，是民间杂耍娱乐场所和停车场。再转过去集市已尽，只有一出名的会贤堂饭庄雄踞北岸。广亮大门，粉墙画壁，一幅大宅门的派头。它沿河有一排七开间的楼厅，是个披襟当风，推窗却暑的宴集好地方，也是很多名流学者游憩之地。再转过去就是银锭桥，过桥就是后海的范围了。

　　什刹海集市，虽说商业是主要活动，但商品种类不算丰富,远不能和三大庙会相比,除具有本湖特产的莲藕菱芡外,连居家日常所用的用具都比庙会少得多,不过是一些服饰巾帕、土质儿童玩具而已。不过颇为突出的是什刹海特有的风味小吃,以及那具有乡土气息,又有些新式装饰的茶棚。这是什刹海游人的兴趣所在。所谓"逛河沿儿",就是三五个人俱坐在茶棚藤椅上,吃茶聊天,略进面点,享受一些"纳凉"之趣。

茶棚一律搭建在路东侧沿堤水次,堤边遍植垂杨,湖塘中布满芰荷菱芡。茶棚一律用芦席搭盖,底座在湖塘泥中用杉木支架(北京称"沙高"),交错插入泥中,用绳缚牢,上铺木板,搭成一座座高出于堤岸之上的棚榭(好像水榭)。像一座傍水高台,比地面可高出二三级。下铺砖石垫步,举步可登。每座棚面积不等,大约在四十至八十平方公尺左右,很少有隔成两间的。茶棚除设座以外,一切贮藏、洗涤、烹制等操作全在这一间大棚之内,可却弄得井井有条,一点也不妨碍茶客的交谈与观赏。茶棚的设备和布置,也有考究或一般化的区别。考究点的茶棚,一律藤桌藤椅,有方有圆。桌上铺白台布,置花瓶、烟缸,也颇像样。有的还有名额,在登棚石级上方,悬一简单的纸匾,书××茶社(不称茶棚)。只是不能和中央公园来今雨轩那些茶社相比。次一点的,不全用藤桌椅,但白台布是少不了的。大一些的茶棚,可设茶座十桌上下,人满时还有应接不暇之势。茶棚一律外向湖塘,内向人行道,如果面湖而坐,看到的湖中出水莲花荷叶,清风徐来,闻到阵阵清香。沿堤柳丝垂拂,拂面撩衣。俯身下视,那些欲开的菡萏,出水的菇叶,好像伸手可撷。境适情逸,也未尝没有幽趣。如果走在东岸举目遥望西岸,只见那荷丛柳荫之间,一座座高于堤岸的茶棚,好像傍水高台,人影参差,也别饶情趣。

说到逛，这个情趣就大打折扣了。人在那又热又吵闹的柳荫夹道上，于两旁的叫卖吃喝之声中，挤了一通之后，又累又渴，想找个歇脚的地方，沿途连席地而坐的方寸之隙也找不到，只有坐茶棚。走进茶棚，看到舒适整洁的座位，茶香酒盏的诱惑，即使无品茶之意，也只好坐下来了。茶费当时每位一角，加一位加五分。这已是很高的茶价了。如果四个人围坐一桌，吃茶纳凉，连摆在桌上的瓜子、花生米也不动一动，那连小费可到三角。三角合当时铜元一百三十余枚。如果在普通茶馆喝顶高的小叶花茶也不过二十枚铜元一壶。这已是很破费了。可是坐久了，别无其他消费，那就不免要遭到店主的白眼了。因此总不免要吃些点心、冷饮，那就所费不赀，非一二元不可了。所以什刹海虽每天人山人海，可是土著的老北京，坐茶棚的并不太多。

　　茶棚顶欢迎茶客外叫点心和喝啤酒。叫点心茶棚有小费加成，还有回佣；喝啤酒每瓶价格，也高于市面。因此棚主不时向茶客推荐什刹海的风味小吃。

　　茶棚生意也有清淡之时。雨天，游人寥寥。天气阴晦，也不太热，人也不多。这时棚主就要施展出拉客的手段了。只见他身立高台之上，面向外，双手乱挥，向客人招呼，历数他的茶棚种种优点："设备精良，招待周到，食品清洁，价格便宜。"手不停挥，口不停叫。那一副猴急相，极堪发噱！

　　什刹海风味小吃，著名的有"八宝莲子肉粥"、"苏造肉"和"肉饼"。其余品种则与庙会差不多，无须多赘。只有这一粥一肉，有其地方特性，值得介绍一下。

　　莲子粥，什刹海特产，名为八宝莲子粥。主要原料是糯米，配以鲜莲子，得味在此。如果用干莲子，形味就都受影响了。所以只有夏天供应。所谓"八宝"，是一些辅助品，不过花样多而已，与味无关，放多了反而影响粥本身的鲜香之味。一碗粥莲子粒粒如珠，配上桂元肉、果脯条、山楂丝等八宝纷呈，烁然可观。由于是暑天，不用热粥，大都温凉适口，吃毕不会出汗，所以很受欢迎。本来只是由挑担做起，后来发达，也搭棚设座，与苏造肉成了什刹海两大专营。当时每小碗粥售二十枚铜元，大碗三十枚。这已等于大洋八分了，已超过一般市民的负担水平（当时一分钱可买大饼油条一付）。因此莲子粥虽美味，远没有灌肠、豆汁那样受欢迎。

其次，应该讲讲苏造肉。

据说，此肉的制法，始自清宫，不过是一味家常菜。为什么叫苏造？我开始以为是自苏州学来的，及至目睹，原来是一锅猪肉大杂烩，想来不会是来自苏州。后来才了解，所谓"苏"，是酥烂的意思，是煮得酥烂的肉。清末，有位善烧此味的大师傅（姓孙），从清宫退出，自己在后门一带开了一家专做苏造肉的小饭馆，以此出了名。后来在什刹海开设摊位。西北城一带居民，不管远近，往往持盆捧罐，买回家去吃。原来烧这种肉的秘法，主要在于老汤，就是煮肉的原汤，可以新陈代谢更递使用。用后去油封存，隔年启封再用。愈陈愈鲜，愈加醇厚，这是北京制牛羊猪各种酱肉的传统秘法，很多出名老店都以老汤出名。煮苏造肉第一得力于老汤。其次是苏造汤，实际上是加各种香料的汤。这种汤所加香料，分春夏秋冬四种不同的配方，按季节气候，加以增减。它主要用中药及香料，据说有健脾开胃作用。据我所知，不外桂皮、砂仁、丁香、豆蔻、甘草、陈皮之类。这些药物以一定分量集中装入于纱布袋，做成苏造汤。然后煮肉用老汤，待熟，再用苏造汤煨。煨

湖

透,所谓苏造肉就制成了。所谓苏造肉,不仅是肉,举凡猪肉及各种内脏,心肝肺肚肠,全部煨在一锅之内,待熟透,由锅内按件取出,用竹篾罩在锅面上,把各类内脏分别排列在竹篾上,任人挑选。顾客指明某一部位,买若干钱,然后按价割下来,旋切小块,放在碗内,加上原汤,调好佐料,用以佐酒,或用本店自烘的义子火烧夹肉而食,据说其味无穷。这是什刹海一味名菜。

什刹海卖吃食的席棚,一律搭在人行道的西侧,与茶棚泾渭分明,各不相犯,不靠水,只靠棚背有些树木而已。到下午三四点钟,背后是暑天灼人的骄阳,简陋的席棚,设备、条件都比茶棚差,可是操作要比茶棚复杂得多。又卖酒,又卖菜,又要烧,又要烙,二三个炉火熊熊,油烟满棚,再加上头顶骄阳如炙。人们坐在棚内吃着肥腻腻的肉汤、肉块,喝着辣嘴的"烧刀子"。这番享受,倒不是尽人都可承受得了的。

什刹海还有另外一种特产,但并不大为人注意,其实很有风味,是一种小块酸梅糕。酸梅糕用乌梅干和白糖制成,本是琉璃厂信远斋的特产,可以泡酸梅汤,大如银元,形如印糕,装盒出售。而什刹海的小酸梅糕,具体而微,只有二分硬币大小,图案花样,一样很精细。装小纸盒出售,每盒二十块,售价不过十二个铜元,极受小孩子欢迎,味亦不错。每到夏天傍晚,看到路上行人,手里拿着一把莲蓬,另外再拎一小扎小盒酸梅糕,很少不是刚逛完河沿儿之后回家的。至此,什刹海一天的游程已毕。

镜泊湖

◎臧克家

我国有许多著名的湖。"气蒸云梦泽,波撼岳阳城"的洞庭湖,茫茫千顷、气象万千的太湖,我都是闻名而心向往的。西湖,我曾经踏着苏堤端详过她那动人的姿容,孤舟深夜三潭上看过印月。至于大明湖,那是家乡的湖,我更是一个熟客了:盛夏划一条小船,在荷花阵里冲击,在过去那些黑暗的岁月里,何止一次和朋友们寒宵夜游,历下亭前狂歌当哭?

镜泊湖却是一个陌生的名字。七月间,到了沈阳、长春、哈尔滨,游览了名胜古迹,参观了工业建设,往返三千里,历时一个半月,以抱病之身,登山涉水,使朋友们为之惊讶,叹为"奇迹"。可是东北的同志们却对我说:"到了东北,看看镜泊湖,方不虚此行。"他们说镜泊湖的红鲫如何鲜美,他们给我唱了镜泊湖的赞歌。看景不如听景,我心动了。但一想到那遥远的途程我又踌躇起来,心里怀着"望美人兮天一方"的惆怅。眼看着和自己住在同一旅舍的客人们一批又一批地出发了,里边有一位八十二岁的名医,他幽默地说:"不看镜泊湖我死不瞑目!"

"走!"他的话给我做了起身炮。

十小时的火车把我们从哈尔滨送到牡丹江。这是一个美丽的城市,像北大荒边上的一朵花。"八女投江"的故事,使它名满天下。又是两小时的火车,我们已经和镜泊湖一同置身在黑龙江省的宁安县境了。

下了火车坐上"嘎斯六九"汽车。牡丹江昨天是好天,镜泊湖附近却落了雨。乍上来,这小卡车在二十几里的平展的公路上轻快地飞跑,高粱、谷子,一色青青,微风吹来,绿波粼粼,扩展到极处和青山与碧天相接,望着眼前的景色,心里惊叹着祖国的辽阔广大。已经接近初秋了,这里的麦子刚刚上场,关里关外的气候,悬殊多大呵!小卡车好似一只蚱蜢舟,冲开碧波跳荡在绿色的大海里。一个庞然大物,老虎似的迎面而来,一时烟尘滚滚,风声呜呜。原来是一部大型柴油汽车,拖着五六节车厢,上面横躺着粗大的木材,它们高兴地离开森林去为社会主义建设事业立地撑天!三三五五朝鲜族的妇女,不时从车边走过,头上顶着罐子,走起来衣裙飘飘,大方而美丽。光滑的路走完了,接着是崎岖的沙泥路,一个坑就是一个小水塘,车子在上面蹦蹦跳跳,像在跳舞。

远远在望的青山看不见了,我们的车子已经走到山腰上,一盘又一盘地在步步升高。路两旁长满了奇花异草,有的像成串的珍珠,有的像红色的小灯笼,有的像蓝的吊钟,有的像金黄的大喇叭……它们用自己的美色和幽香列队在路的两旁向客人们热情地打招呼。一个猎人从深林里走出来了,长枪上挂着飞禽,身后跟一只猎犬。眼前的景色在游客心里引起清新的感觉,一个又一个生动鲜明的印象连成了彩色的连环。但是,湖在哪里?

"我们在绕着她走呢。"迎接我们的那位同志回答。

车子转到了山顶,从司机座位上发出了一声:"看!"

呵,镜泊湖,从丛林的绿隙里我看到了你漫长的银光闪闪的腰身！你引领着汽车向它的终点疾驰，又好似望到了亲人，热情地追在车子后面，我的视觉，我的嗅觉，我的心灵，完完全全地浸沉在镜泊湖美妙的灵芬里了。

一栋又一栋木头房子，不同的式样，不同的颜色，别致、新颖，彼此挨近着，或隔一条小路对望。里面住着各种工作人员和他们的眷属，还有科学家、作家、教授和名医，他们来自北京、沈阳、哈尔滨……他们要在这幽静的湖边，度过夏季最后的一段时光。

晚上，躺在床上，扭死电灯，湖光像静女多情的眼波，从玻璃窗上射过来，没有一声虫鸣，没有半点波浪声，清幽、神秘、朦胧，好似置身在童话里一样。第二天一早醒来，浑身舒畅，才知道自己就睡在她的温柔清凉的环抱中。

踏着满地朝阳走到她的身边。小桥上有人在持竿垂钓，三五只小船在等待着游客。向南望，向北望，一望无边，从幽静的水里看扯连不断的青山，听不见蝉鸣，听不见鸟声，偶尔有一只鱼鹰箭头似的带着朝曦从半空里直射到水面上来。站在湖边上，望着四周险峻的峰峦，清澈幽深的湖水，想像一百万年前，火山着魔似的突然一声震天巨响，地心里的水汹涌而出。"高峡出平湖！"她纵身在海拔三百五十米的高处，像一个美人，舒展地横陈着她长长的玉体。她心怀幽深，姿态天然，隐藏在这幽僻处，顾影自怜。是不是怕扰乱了她的清静，时在夏季，鸟不叫，蝉不鸣，虫也无声。

小径上有稀疏的人影，有大人，有小孩，见了面很自然地点点头，站住谈上几句，就像老朋友重逢。从深林里走出来一群孩子，手里拿着各式各样的菌子，有的黄黄的像面包，有的红红的像一柄小伞，八十多岁的老人也像大自然的一个孩子，拄着手杖,手里擎着一朵万年青,像得了至宝似的得意地向人夸耀。这湖是个宝湖。她养育着鳌花、湖鲫、红尾鱼……吃一口,保管你一生忘不了它的鲜美。她可以发出大量的电,她可以把千条万条木材输送到广大的世界里去。这山也是宝山。水獭、狐狸、豹子……说不尽的异兽就以它为家,一圈大电网,把它们挡在青山深处。幸运的人到森林中,可以捡回"参"孩子、黄芩……这一类的药材到处都有。大好湖山,是全国稀有的胜地,也是名贵物品的出产地。

在淡淡的夕阳下,一只小汽艇载着我们向湖的上游驶去。湖面上水波不兴,船像在一面玻璃上滑行。粼粼水波,像丝绸上的细纹,光滑嫩绿。往远处望,颜色一点深似一点,渐渐地变成了深碧。仰望天空,云片悠然地在移动,低视湖心,另有一个天,云影在徘徊。两岸的峰峦倒立在湖里,一色青青,情意缱绻地伴送着游人。眼看到了尽头了,转一个弯,又是同样的山,同样的水,真想她来点变化呵,可是走过南北一百二十里,仍然是同样风姿。真是山外青山湖外湖。比起波浪汹涌的洞庭湖来,镜泊湖是平静安详的。比起太湖的浩渺浑圆来,镜泊湖太像水波不兴的一条大江。大明湖和她相比,不过是一池清水,西湖和她相比,一个像"春山低秀、秋水凝眸"的美艳少妇,一个像朴素自然、贞静自守的处子。镜泊湖,没有半点人工气,她所有的佳胜都是自己所具有的。岸上没有一座庙,没有什么名胜古迹,真有"犹恐脂粉污颜色"的意味。早晨,她可以给天仙当镜子从事晨妆,晚上,她可以给月里嫦娥照一照自己美丽的倩影。在炎夏的日子里,如果神话里的仙女到幽静的湖边来裸浴,管保没有人抱走罗衫使她们再也回不到天上去。

两岸山上，青翠欲流，树木丛茂，郁郁苍苍。这全是解放以后植育的"幼林"，那原始森林的参天古木，敌伪时代，给日本侵略军一把火烧得精光！船，慢慢地走动着，微风轻轻地吹着，真是像画中游。湖面上，一片一片的小球藻在小汽船冲动了的水波上微微地荡漾，水里的大鱼，突然把它庞大的脊背突出水面来使人惊呼。水产公司，撒下了网子，浮标长长的一串又一串。听说昨天起网，一网就打到了二万四千斤鱼。想想看，如果是在夕阳的金光下，锦鳞闪闪，那景象该多美，多动人呵。

在湖左边的山窝窝里，突然出现了几座瓦房，耀眼的红，给古朴单调的大自然平添了无限景色。我们向司机同志发问："这是什么地方？"

"这是水电站。抗日联军曾经在这里消灭过日本的一个守备队。"这话使我深思。使我想到，在哈尔滨参观了两次的"东北烈士纪念馆"里那些烈士的形象和战斗的生平；使我想到，在牡丹江，在休养所里遇见过的那些抗日领袖人物，有的至今脸上还带着抗战时期留下的未愈合的伤口。湖山是美丽的，然而她是血洗过的，因为当年这一带经过不止一次的战斗，所以她的景色格外美丽，格外动人！

镜泊湖上，也有八大名景，大孤山、小孤山，和长江里同名的小山相仿佛。珍珠门，两座圆突突的山，像两颗水上明珠，船从当中走过。最著名的是湖北口的那个天然大瀑布——"吊水楼"。我从彩色照片上，从名画家的画上早已欣赏过她壮丽的面容。镜泊湖水从二十米的簸箕背上一倾而下，像一面水晶帘子，水落潭中，轰然作响，烟雾腾腾，溅起亿万颗珍珠。她的声色不比庐山的瀑布差逊，虽然她的名声还不太大。

可惜我们到的时候,正在雨后,翻过一层山,有一道拦腰大水把人拦住,使你只能从绿树丛中隐隐约约遥望着白茫茫的一点水影。是不是因为她太美丽了,自己不愿意轻易以真面目示人?我们在山上停了五天,天天去探水,水势无意消退,我们不能再等待了,只好怀着美中不足的遗憾,怅惘地辞别了镜泊湖。这"吊水楼"也许她别有深情,故意在我们心上留下个"想头",希望我们下次重来。

盐的湖
——车过柴达木之二

◎陈忠实

恰好在我划拉着几笔感触印象的时间里，火车已经进入盐的湖了。

骆驼刺和芨芨草所营造的单调而又令人敬畏的绿色消失了。消失得干干净净，一丝不留，堪称绝杀。一望无际的平坦得令人目眩的沙地，呈炭灰色。湿漉漉的泥沙地表，使人立即想到刚刚落过雨，再远也只能是昨天夜里下了一场透雨。应该是柴达木一年中难得的一个细雨润物的夏夜，还以为天公专意为我们这一帮远客额外的恩赐。错觉！错了！这里是盐湖，盐水千万年来就那么腌渍着泥沙，千万年来就是这种湿漉漉的如同雨淋的景象，让一拨一拨初踏此地的人产生错觉，空喜一场。这是盐湖。我乘坐的列车刚刚驶入盐湖的边沿。这是世界上储藏量最大的一个天然盐场，据说可以供现有的世界人口吃上十多万年。这盐湖在中国青海省的柴达木沙漠里。

白花花的类似浓霜一样的盐出现了，结晶在湿漉漉的沙地的表层，地表的下层蕴含着浓稠的盐的汁液。任何植物，包括英雄的骆驼刺和芨芨草，任谁也招架不住盐汁的浸泡和腌渍，连一丝生存的侥幸都不存在。这里不存在一滴淡水，无由

湖

生长一寸绿色，不哺养任何一个或大或小或蹦跳或匍匐的兽类和禽类。这是一个绝生地。

然而这里出产一切生命都不可或缺的盐。国家从五十年代就开始勘探和采掘。我们的血液、肌肤和骨头里，早就注入了这里的盐。血液能够活泼地在身体里涌流，肌肤柔韧而富于弹性，骨头质地坚硬而具承载力，皆有赖于这盐湖里的盐。我便虔诚地感激那一代又一代工作在这绝生之地的工人和专家，他们的一生都在这里采掘着盐。

列车上骤起的小小的惊呼和骚动，是真正的盐湖的湖水惊咋起来的。一片汪洋！不，其实根本不是任何海和洋的颜色，也不是我所见过的湖的颜色。这里是一片灰白色的浑浊的水。无边无沿无法望尽的灰白色的水的世界，却看不到一根水草，不见一只与水相嬉戏的鸟儿，不见一个搅水翻浪的水中生物，甚至连一只蠓蝇和甲虫都不存在。

上边是蓝天和白云，下边就是这浑浊的灰白色的水，没有遮掩也没有骚扰，没有一缕响声和一丝动静。水便平静到如同死亡了一般，无波无纹，无光无色，使人怀疑这水是不是真正的水，因为作为水的素常的印象和水的相关的表征全部丧失了。

然而，这确凿是水，饱含着浓稠的盐汁的水。随意到湖里用手搅拂一把水，待风干之后，留在手上的盐足够一家人吃一顿午餐。这是什么水哦！是盐，是盐的湖。

盐湖的地名叫察尔汗，蒙语，盐的世界的意思。

1999 年 10 月 22 日于礼泉

柳湖

◎贾平凹

柳湖在陇东的平凉,是有柳有湖,一片柳林之中一个湖的公园,我却在那里看到了两个湖的柳和柳的两个湖。

当时正落细雨,从南门而进;南门开在城边,城是坐在高坡上;一到坡沿,也就走到了湖边。这是一个柳的湖。柳在别处是婀娜形象,在此却刚健,它不是女儿的,是伟岸的丈夫,皆高达数十丈,这是因为它们生存的地势低下,所以就竭力往上长,在通往天空的激烈竞争的进程中,它们需要自强,需要自尊,故每一棵出地一人高便生横枝,几乎又由大而小,层层递进,形成塔的建筑。从坡沿的台阶往下看,到处是绿的堆,堆谷处深绿,堆巅处浅绿,有的凝重似乎里边沉淀了铁的东西,有的清嫩,波闪着一种袅袅的不可收揽的霞色,尤其风里绿堆涌动,偶尔显出的附长着一层苔毛的树身,新鲜可爱,疑心那是被光透射的灯柱一般的灵物。雨时下时歇,雾就忽聚忽散,此湖就感觉到特别的深,水有扑上来的可能,令人在那里不敢久站。

顺着台阶往下走,想象作潜水,下一个台阶,湖就往上升一个台阶;愈走,湖就愈不感觉存在了。有雨滴下,不再是霏霏的,凝聚了大颗,于柳枝上滑行了很长时间,在地面上摔响了金属碎裂的脆音。但却又走进一个湖。这是水的湖,圆形,并不大的;水的颜色是发绿,绿中又有白粉,粉里又掺着灰黄,软软的腻腻的,什么色都不似了,这水只能就是这里的水。从湖边走过,想步量出湖的围长,步子却老走不准,记不住始于何处,终于何处,只是兜着一个圆。恐怕圆是满的象征吧,这湖给人的情感也是满的。湖边的柳,密密地围了一匝,根如龙爪一般抓在地里,这根和湖沿就铁质似的洁滑,幽幽生光。但湖不识多深,柳的倒影全在湖里,湖就感觉不是水了,是柳;以岸沿为界,同时有两片柳,一片往上,一片往下,上边的织一个密密的网,下边的也织一个密密的网。到这时我才有所理解了这些低贱的柳树,正因为低贱,才在空中生出一个湖,在地下延长一个湖,将它们美丽的绿的情思和理想充满这天地宇宙,供这块北方的黄色太阳之下黄色土壤之上的繁嚣的城镇得以安宁,供天下来这里的燥热的人得以"平凉"。

这是甲子年八月十四日的游事,第二天就是中秋,好雨知时节,故雨也停了。夜里赏月,那月总感觉是我所游过的湖,便疑心那月中的影子不再是桂树,是柳。

纵笔纳木错

◎郭保林

一

　　纳木错湖距拉萨不足二百公里,位于当雄县境,它的北岸便是唐古拉山脉的主峰——念青唐古拉山。山是神山,湖是圣湖,这是雪域高原又一个佛教圣地。那白与蓝构成的庄严和肃穆、神秘和圣洁,总是撩拨着香客和游人的情怀,激溅起他们灵魂深处的潮涌。

　　时值六月,我们驱车沿着青藏公路向藏北高原一路颠簸而去。

　　一出拉萨市,迎面扑来的是蜿蜒跌宕的大山,阔大而庄严的山体呈现出不可思议的赤橙黄白青,一层一种颜色,但没有绿色。绿色爬不上山岩,只匍匐在山脚下,铺开斑斑驳驳的草滩。眈眈巉岩,嵯峨峻拔,展示着旷古的沉默,岑寂的喧嚣,冰冷的热烈。远处的雪峰,素衣玉冠,伫立在高原蓝得有点虚拟的碧空中,清高而孤独,确切地说是孤傲。这是一种大境界,大得使人肃穆而惊叹。不时有云雾飘来,在峰峦间流淌,如瀑如涛,如梦如幻。只有阳光惊醒这片宁静,扑扑拉拉的光粒子撞击在岩石上溅起一片晕眩。从峡谷中涌来一股碧青的雪水,这是拉萨河——雅鲁藏布江的小儿子。波浪拍打着寂寞,拍打着空旷。河滩上有田畴,浓浓淡淡的油菜,直到盛夏才捧出一片羞涩的金黄。

车过羊八井,从乱山纷扰中挣扎出来,视野顿然变得开阔,横在眼前的是大幅大幅的荒旷,大幅大幅的阒凉。天空显得更加宽广和寂寞,只有几团白云陪伴着它的孤独。蓝天不语,白云无声,天地间上演着一幕哑剧。有星星点点的帐篷,有星星点点的牛羊,有斑斑点点的草滩,这一切都不过是道具,只有阳光汹涌澎湃地扑来,发出无声地吼叫。走进这赤裸裸的自然里,扫描着荒原、旷漠、远山、草场,天之遥,地之远,山之高,水之长,我一下子涌出泪来:啊,这才是大风景,大地貌,大场面!我长年生活在市廛喧嚣的都市,生活在钢筋水泥的禁锢中,心被挤压得如拳状,来到这天旷地阔的高原,心灵一下子膨胀起来,铺展到无边无垠的远方。我真想用一腔热血,掀起风雪覆盖的山巅,用满怀激情去拥抱高天厚土的空旷!

车子在砂石间跳荡,不时发生头与车顶相撞的惊惧。不知走了多少公里,只觉得地势越来越高,高原缺氧,我的头有点晕眩。念青唐古拉山还在远处肃穆排列,如仪仗队般地迎接我们。

突然,眼前出现一片白光闪烁。阔大而苍茫的湖泊,那波光在远处凝聚,折射,好比冰清玉洁的心音,我顿时心潮澎湃,诗浪升沉,同车藏族青年诗人巴桑说:"看,那就是纳木错!"

啊,这就是纳木错,万顷碧波的纳木错湖!藏北高原的骄傲,蓝色星球上的一片圣洁!寒波涌动,横无际涯,迫天遏云。抑制山的狂妄,也远离世尘的玷污,颤动的心房,鼓涌千层波涛,交织成灵光闪烁的水花浪朵,还有永无休止地唱给蓝天白云的歌……

我们的车子靠近湖畔,一股肃清之气扑面盈怀,竟使我这俗间来客不禁踉跄倒退了几步。何其芳说:高洁是一种寒冷的形容词。纳木错湖没有杨柳岸晓风残月的诗意,没有烟雨霏霏的浓妆淡抹,没有芳菲铺岸的缠绵,没有亭阁楼榭的点缀,是一片天质丽色的纯净。纯净得使我们意识到:不能不承认,我们的目光也曾受过污染。只有这种肃清之气,可以洗涤我们的灵魂,净化我们的视线,净化出诗的意境。

诗人说,纳木错和它对面的念青唐古拉山在笨教神话里,在当地牧羊人和狩猎民族的传说里是生死相依的情人和夫妇。念青唐古拉山因纳木错而英俊,纳木错湖因念青唐古拉山而温柔。

藏民族的神话传说中,念青唐古拉山是世界形成时九尊大神之一。大神沃贷贡杰雪山有八个儿子,即雅拉香波、念青唐古拉、玛沁邦惹、庚钦董惹、岗波拉杰、肖拉纠波、觉沃宇杰和秀喀惹。这些大神曾受藏王松赞干布和赤德松赞的供奉和祈祷,念青唐古拉山既是世界形成的九尊大神之一,也是藏王崇信的大神。

在藏传佛教的经典《莲花生传》中有这样的记载:念青唐古拉神为了试探莲花生大师的本领,将巨头伸入谷晖地区,尾巴搭在康区怒江的野塘荒原,化成一条若大无朋的白龙,阻断了这一带高山大谷。莲花生大师将手杖放在白蛇的腰上说:"请你让路,我将在这陈列会供曼荼罗!"唐古拉神逃进雪山,冰峰立即融化,山顶出现黑色、铜色和蓝色,陈列在食物会供曼荼罗前。一会儿,一儿童变成玉身菩萨,身着白绸衣,双手合十祈祷,虔诚地献出丰富的施食……

　　陪同我的这位藏族青年诗人,在内地读过大学,汉语说得十分流畅,他会用两种语言写诗,他的诗很有点后现代主义。他写过许多歌颂神山圣湖的诗篇,还自费出版过一部诗集。当然那诗行间弥漫着雪域高原的浓烈气息,牦牛味、羊膻味、芳草味,还有邦锦花的清香。他善于演说,讲故事,不过我听起来倒觉得故弄玄虚,是诗人的想象和古典神话的结合。他会弹琴,一边弹一边唱,情绪亢奋时,在草滩上打着滚儿弹唱。据说,他的先人曾是说唱《格萨尔王》的艺人。雪域高原之子总有一种放纵不羁的秉性,又奔腾着民间艺人的基因,这更丰富了他热情豪爽的外向型性格。我们坐在湖畔草地上,听他神吹海聊。

　　——念青唐古拉山是一座银装素裹的雄峰,那山顶上有一座神秘的水晶宫,宫门上镶有各种宝石,光芒四射。宫底是甘露之海,中部缭绕着虹光彩霞。宝石般雨露时停时落,多姿多彩的鲜花盛开在它的四周。高高低低的雪峰,像水晶之塔烘托环绕着这座神圣的峰峦。

　　——念青唐古拉山神右手拿着蓝灰色的宝石拂尘,左手挥舞着白色飞幡,威武的身躯,闪烁着金刚石光焰。右手持剑,斩断魔王命根;左手托着魔王之心,骑着一匹黑色骏马。

　　——纳木错湖是他的皇后,她是立誓保护十二尊神,似仰卧的金刚亥母。昂曲河和直曲河如亥母,手持弯刀的右手在空中挥舞。湖中有三个小岛恰似圣湖的眼睛。岛上有许多自然形成的岩洞。传说,这里曾经是佛教高僧大德的修行地,至今洞中还可以清楚看到他们修行时留下的手印和足迹。

　　……

我们无暇去岛上寻觅大师们的遗迹,只好望湖兴叹。放眼视野,天地间一片缥缥缈缈,浩浩荡荡的靛蓝,浪声涛语,犹如千百万僧徒在诵经。诗人告诉我,纳木错湖和阿里的玛旁雍措湖一样,每年四月初八日开始化冻,而这一天又恰是释迦牟尼的诞辰。这是造物主的偶然巧合,还是神谕密旨?一个永恒的谜。

高原的阳光如瀑如浪,波波溅溅地倾泻而注。湖水、草滩、远山近岭都沐浴在阳光的激流里。我倾听着这美丽的神话,不禁惊叹雪域高原游牧民族丰富的想象力,留给后人如此难解的秘结。这片神奇的土地上,每一座山,每一方水,每一片草场,甚至一鸟一兽一石一木都蕴含着丰富的文化内涵,都渗透散发着浓郁苍凉的远古文化气息。

我眺望着神山圣湖,这阔大、雄浑、厚重神秘的自然风景,随意剥开一层都会发现一种秘密,一种新奇,层出不尽。还传说纳木错湖原是仙女洗浴的地方,一个九头妖怪想借此鬼混,仙女很生气,便把它赶走。妖怪再来恳求仙女施舍点水洗澡,仙女们便用手捧出几捧,洒到处,那里便出现一个小湖,人称鬼湖。

……

念青唐古拉山卓然超群地耸立云天,像一朵莲花,错叠出一层层丰润晶莹的叶瓣,闪烁着珠辉玉丽般的圣光。它耐千古孤寂,忍万世冷酷,独傲天宇,超凡脱俗,成为永恒。

山是孤傲的,湖是清冽的,孤傲和清冽有着共同的精神内涵。孤傲是对红尘万丈的蔑视;清冽是对世俗的冷若冰霜。只有这种孤傲和清冽,方可守住一方宁静的心境,守住一种超然物外的淡泊,守住灵魂的高洁和神圣。

这时,湖畔出现一群转湖的信徒,他们风尘仆仆,筚路蓝缕,脸上刻满真诚,目光斟满迷茫,他们摇着摩尼轮,口念六字真言,步履沉缓地围绕着湖滩,一步一步地走着。

传说,牛年转山,羊年转湖,猴年转森林。这是佛的旨意。纳木错湖是身、语、意之圣地,胜过其他一切隐居处,在别处修行一百年,而在此地修行弹指间便能成佛。如果绕湖而转,便能得到渊博的知识和无量的功德,并舍去恶习和痛苦,最后获得优良人身。如果不信此言,众生便变得愚昧,大地贫瘠,植物枯萎……

然而转湖一圈需要二十多天到一个月,朝圣的人们背负帐篷、灶具、糌粑、干肉。路上遇到暴风雪,或穿越冰河,有不少人饿死、冻死,或病死路上,而信徒们认为死在圣湖转经的路上,是一种天意,一种吉祥和幸福,说明他们很快会转世,来世不再受苦受穷……

望着这虔诚的朝圣者,我心里有一种说不出来的滋味翻腾着,这个强悍而又柔弱的民族,对大自然的崇拜和神交,使他们性情粗犷、豪放,高扬着生命的旗帜,然而他们又畏惧自然,对其有一种本能的恐惧,压抑着的生命的欲求,这种强烈的反差,在心中常产生多种感情的风暴。

苍天茫茫,雪山茫茫,寒波茫茫。这没有污染和喧嚣的世界,给人的思维提供了广阔的空间,产生一种回归生命之初的感觉,一种佛在我心,我心即佛的宗教哲学。

诗人突然问道:"你见过湖水开冻的景观吗?"

我初来藏北高原,何曾见过湖水开冻的景观!

他不等我回答,便用他那诗人的语言向我描绘出大自然雄丽宏伟的风景,那简直是一幅创世纪的"浮世绘"——

四五月间,那转掖性的高原风,使天空骤然变黯,而湖便从风中吸取力量,要翻身,坐起来,先是从冰面撕开巨隙,接着便是陨石坠落般的轰鸣,像山峰走过大地,像地壳播放熔岩奔突的高歌。顿然一方方冰块破裂崩溃,被飓风高高举起,又猛然砸向前面的冰层,轰隆隆,咔嚓嚓,天地进坼,万物震悚,流云躲匿,飞鸟惊逝。像阿喀琉斯远征军鏖战的厮杀,像秦始皇的虎贲之师横扫六合之凶猛,——新的破碎,翻腾不已,咆哮怒吼,狂跳蹦蹦,伴着水浪沉稳有力的夯歌,陨落前方。无数冰块的狂舞,摧枯拉朽,一种力与力的较量和冲撞,巨大的无数的冰块,大起大落,分娩出一片骚动的世界⋯⋯

　　这悲壮的开湖,实则是天地间一种生命庄严的涅槃和新生,是格萨尔王悲壮史诗的展示!

　　听罢这位诗人的描述,我对圣湖更添了一种想法——西藏的山山水水,太阳刚、太贞烈了。

湖

万顷一碧兴凯湖

◎林青

水根：

你的感觉是对的,北大荒秋天的确是令人迷恋的。我在北大荒生活几年了,应该说对这里的秋天是看惯了,然而,每逢这个季节,我仍然按捺不住激动。我想,你如果来北大荒生活上几年,甚至只需一年,也会是这样的。因为,就在这个时候,你发现了自己生活在一个"聚宝盆"里,自己劳动的果实是出乎意外地丰饶硕大,心中怎能不是甜滋滋的呢!

前些日子,我到兴凯湖去了一趟,回来已经好多天了,可是,当我提起笔来给你写这封信时,那烟波浩渺、水天相接的湖,那前飞后跃的白鱼群,以及那把湖水劈成两片的二百里细沙堤岸……又在我眼前浮现起来。

也许因为我是黑龙江人,我爱家乡土地上的兴凯湖!我爱兴凯湖的波涛万顷,水天一碧——海一样的坦荡,海一样的辽阔!

我是在深秋时节到兴凯湖去的。那些天,天气很不正常。眼看立冬了,该是落雪的时候啦,可仍然是细雨绵绵。这样一来,从马家岗到兴凯湖的三十公里大路上,来往的车马行人断了。我只好在一家客店里住下来。

这个店叫四远栈。实际是一栋坐北朝南的五间大草房。

88

院里,有一眼水井,几个大马槽;屋里,面对面两铺长炕,几张长条桌、长板凳。因为阴雨,车少人稀,店里显得冷冷清清的。可是,据店里的几个老汉讲,这个客栈,和兴凯湖渔场、渔队却是老交情、老关系了。每年白鱼汛的时候,这院子里就要被来到兴凯湖拉鱼的大汽车、胶轮马车挤满了。到了冬天,院里堆的冻鱼足有两房子高。直到春天化冻以后,店里装马草料的仓子里,还要装着半屋子杂鱼。所以,当地老乡说这是个"鱼店"。

店里喂马的、打更的、做饭的、记账的,几乎都是六十开外的老汉,又几乎都是当年闯关东的。一个个性情都很偏,但又都很热情。他们瞧我整天地坐在冷板凳上,望着灰蒙蒙的天空发愁,就一再安慰我。每到掌灯以后,他们就会把旱烟锅抽得嗞嗞响,跟我天南海北、古往今来地聊起来。这当中,讲到兴凯湖的故事,要算最多了。每当他们讲起"小白龙"的故事,讲起"红网期"①的白鱼群,以及讲起在湖上打鱼的规矩,都是那么熟悉,那么有感情,就好像他们不是住在客栈里,倒是在湖上打鱼一样。这也就更惹得我想早一点看到那无际无涯,充满了神话色彩的兴凯湖了!

老早以前,我才只有五六岁的时候,在我们老家松北平原上,我就听老祖母讲过无数次"小白龙"的故事。在那些白色的夏夜里,随着袅袅的艾烟,那故事,常常把我带进五光十色的水晶宫里。年纪大了以后,我知道了:在我国东北有一个兴凯湖,是个淡水湖,盛产白鱼,有一道二百里天然的长沙堤,把湖水分劈为两个。小兴凯湖在北,是瘦长的,属我国;大兴凯

---

① 即白鱼汛期,当地亦称红网期。

湖

湖方圆八百里,南面属苏联,北面归我国。于是,好多年来,每当我吃到白鱼的时候,就要想到这个大湖。然而,让我把"小白龙"的故事和兴凯湖联系到一起,却是在这个四远客栈里。原来,那条英武的小白龙,就是兴凯湖的化身啊!

这虽然是个古老的传说了,然而,当店里老汉们讲起来的时候,给我的感觉,却仍然那么新鲜,那么动人!那故事是这样的:

……兴凯湖,是小白龙居住的地方,可是有一天,一条大黑龙想霸占它。黑龙是一条凶猛的大龙,小白龙还很年轻。于是,有天夜里,小白龙扮成一个白衣少年,给沿湖的老乡们托了一个梦,请他们在五天后的正晌午时,看到湖上腾起黑水,就往里扔石头;看到水上翻起白浪,就扔馒头。那天,湖水果然一会飞起黑压压的水浪,一会滚着白亮亮的波涛。人们依照小白龙的话办了。这样一连三天三夜,黑水到底退了,白水也平静了。小白龙没忘人们的恩情,每年立夏前后,当苦房草齐穗的时候,它就把龙宫里的白鱼放出来。那大白鱼一个个都胖得像小猪羔子,成群结队地在湖里挤着,前面被推得一蹦老高,后面的被挤得肚子都翻白了。如果赶在点儿上,一网就可以扣住十几万斤。所以人们管这叫"红网"。还有,每当狂风暴雨之前,湖水就会叫起来,人们说,那是小白龙给报信,赶快返航吧……

直到第四天,才有些晴意。大清早,我就步行上路了。走了一程,强劲的西北风才算把云头拨开,露出一小片一小片的蓝天。后来,太阳到底是出来了,那强烈的光线好不刺眼,公路两旁刚割罢庄稼的黑土地上,又冒起腾腾的热气;一队队迟归的大雁,留恋地掠过一片杨树林,向南飞去了。

路,自然是很难走的。人们说,北大荒的黑土,一沾上水,就会稠得像糨糊一样。一路上,我真有些担心鞋底子突然会被胶泥给粘掉了。可是,那田野上的一堆堆豆垛,那山坳旁的一座座新房,那在村边跳跳蹦蹦的马驹子,咯咯叫的鸡群,以及那脱谷机哒哒叫的声音和扬起来的烟尘,却使我振奋起来了。因为,听店里的人说,从前这一带是有名的荒草甸子,到处是齐腰深的荒蒿野草。在草原的深处,还藏着数不清的水泡子、河汊子。因此,住在兴凯湖边的人,只有到了冬天地冻冰封以后,才能套上爬犁,从雪岭冰河、荒蒿草丛里踏出一条路来。等春天冰消雪化,路又断了。可是现在,在我面前的,是繁闹的村庄,是肥沃的田野,是一条宽阔的大道,它把兴凯湖和祖国的大小村庄连在一起了!

太阳斜西,我才走到小兴凯湖边上。当我爬上堤岸,站在一棵老椴树下,第一眼瞧见那白亮亮的湖水时,顿觉心里豁朗极了!我听有些人说,湖水是大地的眼睛。的确,在这深秋时分,墨绿的、平静的湖水,真像一双深沉的眼睛,在看着金色的山树、田野、山峦。不一会,太阳落山了,四野被霞光染红了,而那微泛涟漪的水波,就像撒了满湖的星星,不,是无数只波光闪动的眼睛在眨着呀!

天暗下来,夜的帷幕随着一团团白雾,在湖面上拉拢起来。这时,从那暗淡的水波上,传来了哗哗的桨声,和轻轻的歌声:

> 二呀二更里呀,
> 月牙上树梢,
> 手提着风灯,
> 来到湖冈上。

万顷一碧兴凯湖

远看一片白,

近听水声响,

轻划船儿快呀快撒网哟!

三呀三更里呀,

月牙当空照,

湖里起了风,

浪呀浪打浪,

莫怕风浪大,

再加件衣裳,

喝上几口酒,撒网到天亮哟!

四呀四更里呀,

…………

这调子,该有多么熟悉! 在我们老家的平原地上,我听过无数次这样的歌声。眼下,这小调的词儿变了,然而它仍然是那么亲切呀!

船近了,趁着落日的余光,我瞧见摆小船的原来是个穿着旧军装上衣的人,头发乱蓬蓬的,粗眉毛黑黑的,四方脸孔红通通的。一看就知道,这是个转业军人。

我兴奋地问道:"有鱼吗?"

他斜睨了我一眼,说:"凭这么大的湖,你要几火车!"

我尴尬地笑了。我知道,这句话也许犯了渔家忌讳。老早我就听说,无论江湖河海的渔民,自古以来就一直在担心水里的鱼少。所以,一到水上,即使明明是鱼少,嘴里也不说。可是,我又不大相信,扛过枪杆子的人也会这样。我一时找不出适当的话来缓和这个局面,只好跑过去帮他拴船缆。就在这时,我发现舱里面堆了一层鱼,有的还在蹦着。

后来，还是他先开口了："同志，你别介意，我倒不信那套迷信。可我却不愿意听见别人见到这样大的湖，还说鱼少。"他挺了一下腰，又说："真的，你要是夏天来，摆在大湖冈的鱼活像一座座山，那你准得说，运鱼的车太少了！"说着，他爽朗地笑起来。

我刚想向他解释一番，谁想，他摇了摇手，又悄悄地跳到船上，两眼盯着湖水，侧着耳朵，静听起来。可是，平静的湖水，并没什么变化。我不免问："怎么，出啥事情了？"

"你听听！"他把声音压得很低。

我还是什么也没听见。可是，他却脱掉了外衣，露出水兵的蓝道道线衣来，接着，像猫一样地跳到船尾，又向水里望了一阵。忽然刷的一下子钻到湖里去了，水面立刻溅起一股水花，接着就变成了一圈圈水波。这个动作，的确是出乎意料，我的心不禁怦怦地跳起来。我知道，他并不是失足落水，可是天晚风凉，他闷不吭声地钻到水里干什么？我愣怔了半天，刚想叫嚷，突然从背后传来一阵铜钟般的笑声。好家伙，原来他已经爬上岸了！他满身满脸是水，怀里还抱了一条尺半长的鲤鱼！老实说，对他的水性和抓鱼的动作，我已佩服得五体投地了！这简直跟《水浒》里的"浪里白条"一样神奇！我忙解下上衣给他披上：

"你，你可真有两下子！"

他笑了："方才你没听见鲤鱼咕咕在叫？可惜还跑掉了一条！"他抖了抖身上的水，招呼我道："快走吧，要不真有点冷了！"

在往前走的路上，我们的话多了。当他知道我也是一九

万顷一碧兴凯湖

93

湖

五八年转业到北大荒的，兴奋地咧着大嘴笑了。他告诉我，他叫范长生，是喝长江水长大的，在海军里当过水兵、水手长。因为他生下来几乎没有离开过江湖河海，所以一九五八年转业到北大荒以后，就要求到兴凯湖来，后来当了捕鱼队的副队长。他说：

"不知为什么，我一见到水，劲头就来了！"

我们顺着湖边的一条黄沙路，朝村里走着。天黑透了，上弦的弯月亮，在两边橡树林上闪着寒光。村子里的灯火亮了，那一点点灯光，映在墨绿的湖面上，就像谁在抖着一条条五彩丝线。这时，我情不自禁地说：

"这里简直是太好了！"

范长生笑了，"瞧样子，你要是到了那边，也许连家也不想回了呢！"静默了一下，他又说："可惜天黑了，要不弄条船去看看，挺够味！"

我明白，他说的是大兴凯湖。是呀，真的是天晚了，就连那条长长的湖冈，和那片青苍苍的苇子，都隐没到夜幕后面去了。不过，我隐约听到大兴凯湖的水在响！

我在老范家里吃晚饭。他的家，紧靠在小兴凯湖的边上，是一座茅草顶泥坯墙的房子。院子里有三棵老椴树，瑟瑟的夜风把树叶子吹得沙沙响。借着窗口射出来的灯光，我看见院里晒着一张网，门口立着几根长长的钓鱼竿，房檐下挂着一串又一串的鱼干。

也许我们的说话声，把屋里的人惊动了，只听得一串尖脆的女人声音，从窗口传出来：

"我就知道你是钻到湖里去了，你要是再这样，我就得报告指导员了！感冒嘛，干吗还往湖里跳？"

94

"我看'迷魂阵'①去了，亏了去得早，要不篷都让鱼挤开了！"老范在门口应着，又说，"快下地做饭吧，来客人了！"

走到屋里，我就明白了。那说话的女人，是老范的爱人——一个年轻的织网工，瞧我进来，她不好意思地把网梭放下来，走到外间去了。

这顿饭，可真够丰盛了。什么红烧鲤鱼，什么油炸黑鱼，什么清蒸白鱼干……简直是摆了满桌子，可是织网工却对我说：

"可惜你来得不是时候，要是立夏前后来，给你炖上一锅大白鱼，那味道就更美了！"

吃完饭，织网工就上夜班去了。因为今年冬天要出五副大网打冻鱼，他们织网组必须连夜赶，才能完成任务。于是，我就跟范长生躺在炕上聊起来。到这时，我才发现这个水兵，也是个能说会道的人。他跟我讲起五十年前，兴凯湖边上还是一片森林，林子密密的，尽长些青枫、白桦、黄菠萝和椴树。那时候，小兴凯湖里的鱼，多得连插进一根竹竿都不会歪倒，若想吃鱼，只要提上一把四股叉，用不上抽根烟的工夫，就能抬两箩筐回来。也讲起了自从九一八事变之后，日本鬼子在这里成立东盟株式会社，沿湖的渔民就过着暗无天日的生活，而且小鬼子、二满洲还逼着人在湖冈上修大闸门，想把小兴凯湖变成个大船坞，驻扎上兵舰，要进攻苏联。可是，鬼子的阴谋没有实现，满天的乌云就被东风给吹散了。他又讲起了如今他们这个捕鱼队修了一个大养鱼池，一个池里可以养五十万尾鱼苗，今年他回老家江苏的时候，还引来了长江的白鲢鱼

---

① 是用苇子或秫秸插在湖泊里，用以捕鱼的设施。

苗。他们还预备把湖冈通开,也修个闸门,一到"红网期"就把小兴凯湖的水放出来,那白鱼群就会顶着流水上来,捕捞起来更容易了。

老范在讲后面这段话时,很兴奋,很得意。他说:"同志,你别以为我这是吹牛!告诉你,我们早就把地点选好了,材料也准备了,现在就是缺洋灰了。"说着,他坐起来,又把小油灯点着了。

我觉得挺奇怪,"干什么?"

"去看看东苇塘那些钩去!"

"深更半夜,你爱人不是说你不舒服吗?"

"没!别听她瞎咋呼了!"他点着了一盏风灯出去了。

很快,我就睡着了。他是什么时候回来的,我一点也不知道。

第二天清早,天刚发亮,老范就把我叫醒了。他说有条船到湖冈去拉沙子,正好搭上去大兴凯湖。

船停在小兴凯湖边上。想不到一宿工夫,湖面上结了一层薄冰,就像铺上一层透明的玻璃一样,亮晶晶地闪着光。这时,我也才发现岸边停了许多艘船,有驳船,有舢板,有划子,也有竖着老高桅杆的帆船。岸上,在几株白桦树前面,堆了一堆堆石块、钢筋、木材。不用问,这一定是准备修闸门的了!

船,向前走了。只听得响起咔嚓嚓、沙啦啦的声音,原来是船头冲开冰层在前进!老范站在船尾摇着大橹。他那张古铜色的脸孔,变得十分严肃了,就好像当年在兵舰上,冲开波涛,迎接战斗!

不久,那条长长的湖冈出现在眼前了。我急跑到船头望去,只见那白沙堤足有三丈高,可是东看不见头,西望不到尾,活像一条长龙横卧在两湖之间。我想，这也许是小白龙变的哩！

我几乎一口气地爬上堤顶。向南一望，不禁"啊——嚯——啊——"地喊起来！果然名不虚传，大兴凯湖，的确就是个大海呀！它无边无涯，烟波浩荡；几只鸥鸟，掠过湖边，向湖心飞去；一个个飞啸的浪花，追逐着，撞击着，拍打着堤岸，发出一声声巨响。这，难道不就是海吗！

跑下大堤，我来到湖边上。这时，岸上的小石子把我吸引住了。那石子，有红的，有绿的，有黄的，也有红白相间的。而且一块块都被湖水冲刷得那么洁净，那么晶莹，就像谁在岸边铺了一层花团锦簇的地毯。我刚想捡几块，揣在口袋里，老范从后面走来了。他瞧着我笑了。

"你头一次来，觉得这湖怎样？"他问。

我说："好！看这石子！"

他打断了我的话："光是这，东西就太少了，你瞧瞧这沙子！"他抓起一把，放在我手心上。

老实说，我并没发现这沙子和别地方的有啥不同。可是，老范却告诉我，这沙子可以造玻璃，已经运走多少船了。将来要是有条件，他们还打算开个玻璃工厂哩！

是啊，辽阔的兴凯湖，蕴藏着多少资源呀！

接着，老范也帮我捡起石子来了。可是，他突然拍了我一下，喊道："你快瞧！"

我抬起头来，就发现湖水的颜色，由湛青变成绯红了，就像一片火海在燃烧着。东边，一幅奇丽的景色出现了。那刚刚出湖的太阳，就像一个大火球，从水里钻出来，横在东边天上的几抹云彩，也变成了万道霞光，四处迸射。霎时，大火球

万顷一碧兴凯湖

跳了几跳,猛地蹿了几尺高,悬在湖上了。湖水也渐渐地由朱红泛白了。

我高兴地喊道:"太美了,太美了!"

可是,老范摇摇头:"不,可惜你来的不是捕鱼季节!要不,乘上一条船在湖心里迎着太阳走去,那就更美了!"

也许是真的,我来得不是时候,既没看见捕大白鱼的盛况,也没乘船去迎接早晨的太阳。然而,我却觉得我已经看到了一切,我看到人们美好的心灵!

我离开兴凯湖的时候,树叶已经落光了。湖水虽然还没封冻,可人们早把打冻鱼的工具:大网、冰镩、爬犁……全准备好了!临走的时候,老范还一再嘱咐我,上冻以后一定到兴凯湖去,看看鱼群在冰底下怎么样游;看看那白雪覆盖的大湖,夜晚是怎样啪啪地响!现在,冬天来了。看样子,我是去不成了。因为我要到伐木区去!

水根,信就写到这里吧,我还得整理行装,到森林去的大汽车,天明就要出发了!

你的大朋友 林青 11月13日

太湖游记

◎钟敬文

在苏州盘桓两天,踏遍了虎邱贞娘墓上的芳草,天平山下蓝碧如鲎液的吴中第一泉,也已欣然尝到了。于是,我和同行的李君奋着余勇,转赴无锡观赏汪洋万顷的太湖去。——这原是预定了的游程,并非偶起的意念,或游兴的残余。

我们是乘着沪宁路的夜车到无锡的。抵目的地时,已九点钟了。那刚到时的印象,我永远不能忘记,是森黑的夜晚,群灯灿烂着,我们冒着霏微的春雨,迷然投没在她的怀中。

虽然是在不安定的旅途中,但是因为身体过于疲累,而且客舍中睡具的陈设并不十分恶劣之故,我终于舒适地酣眠了一个春宵。醒来时,已是七点余钟的早晨了。天虽然是阴阴的,可是牛毛雨却没有了,我们私心不禁欣慰呢。

各带着一本从旅馆账房处揩油来的"无锡游览大全",坐上黄包车,我们是向着往太湖的路上进发了。

这是一般游客所要同样经验到的吧,当你坐着车子或轿子,将往名胜境地游玩的时候(自然说你是个生客),你总免不了要高兴地唠絮着向车夫或轿夫打探那些,打探这些。或者他不待你的询问,自己尽先把他胸里所晓得的,详尽地向你缕述(他自然有他的目的,并非无私地想尽些义务教师之责)。

我们这时，便轮到这样的情形了。尽着唯恐遗漏地发问的，是同行的李君。我呢，除了一二重要非问不可的以外，是不愿过于烦屑的。在他们不绝地问答着时，我只默默地翻阅着我手上的"游览大全"。那些记载是充满着宣传性质的，看了自然要叫人多少有些神往；尤其是附录的那些名人的诗，在素有韵文癖的我，讽诵着，却不免暂时陷于一种"没入"的状态中了。

我们终于到了"湖山第一"的惠山了。刚进山门，两旁有许多食物店和玩具店，我们见了它，好像得到了一个这山是怎样"不断人迹"的报告。车夫导我们进惠山寺，在那里买了十来张风景片。登起云楼，楼虽不很高，但上下布置颇佳，不但可以纵目远眺，小坐其中，左右顾盼，也很使人感到幽逸的情致呢。昔人题此楼诗，有"秋老空山悲客心，山楼静坐散幽襟。一川红树迎霜老，数曲清磬远寺深"之句。现在正是"四照花开"的芳春(楼上楹联落句云"据一山之胜，四照花开"，真是佳句)，而非"红树迎霜"的秋暮。所以这山楼尽容我"静坐散幽襟"，而无须作"空山悲客心"之叹息了。

天下第二泉，这是一个多么会耸动人听闻的名词！我们现在虽没有"独携天上小圆月"，也总算"来试人间第二泉"了！泉旁环以石，上有覆亭。近亭壁上有"天下第二泉"署额。另外有乾隆御制诗碑一方，矗立泉边。我不禁想起这位好武而且能文的皇帝，他巡游江南，到处题诗制额，平添了许多古迹名胜，给予后代好事的游客以赏玩凭吊之资，也是怪有趣味的事情呢！我又想到皮日休"时借僧庐拾寒叶，自来松下煮潺湲"的诗句，觉得那种时代是离去我们太遥远了，不免自然地又激扬起一些凄伤之感于心底。

因为时间太匆促了，不但对于惠山有和文徵明"空瞻紫翠负跻攀"一例的抱恨，便是环山的许多园台祠院，都未能略涉其藩篱呢。最使我歉然的，是没有踏过五里街！朋友，你试听：

　　　　惠山街，五里长。

　　　　踏花归，蹋底香。

　　你再听：

　　　　一枝杨柳隔枝桃，

　　　　红绿相映五里遥。

在这些民众的诗作里，把那五里街是说得多么有吸引人的魅力呵！正是柳丝初碧、夭桃吐花的艳阳天，而我却居然"失之交臂"，人间事的使人拂意的，即此亦足见其一端了！——我也知道真的"踏花归"时，未必不使我失望，或趣味淡然，但这聊以自慰的理由，就是以熨平我缺然不满足之感了么？那未免太把感情凡物化了。

　　为了路径的顺便，我们又逛了一下锡山。山顶有龙光寺，寺后有塔，但我们因怕赶不及时刻回苏州，却没有走到山的顶点便折回了。这样的匆匆，不知山灵笑我们否？辩解虽用不着，或者竟不可能，但它也许能原谅我们这无可奈何的过客之心呢。

　　梅园，是无锡一个有力的名胜，这是我们从朋友的谈述和"游览大全"的记载可以觉得的。当我们刚到园门时，我们的心是不期然地充满着希望与喜悦了。循名责实，我们可以晓得这个园里应该有着大规模的梅树的吧。可惜来得太迟了，"万八千株芳不孤"的繁华，已变成了"绿叶成荫子满枝"！然而又何须斤斤然徒兴动其失时之感叹呢？园里的桃梨及其它未识名的花卉,正纷繁地开展着红、白、蓝、紫诸色的花朵,在继续着梅花装点春光的工作呵。我们走上招鹤亭,脑里即刻联想到孤山的放鹤亭。李君说,在西湖放了的鹤,到这里招了回来。我立时感到"幽默"地一笑。在亭上凭栏眺望,可以见到明波晃漾的太湖,和左右兀立的山岭。我至此,紧张烦扰的心,益发豁然开朗了。口里非意识地念着昔年读过的"放鹤亭中一杯酒,楚山巉巉水粼粼"的诗句,与其说是清醒了悟,还不如说是沉醉忘形,更来得恰当些吧。

出了梅园,又逛了一个群花如火的桃园,更经历了两三里碧草幽林的田野及山径,管社山南麓的万顷堂是暂时绊住我们的足步了。堂在湖滨,凭栏南望,湖波渺茫,诸山突立,水上明帆片片,往来出没其间,是临湖很好的眺望地。堂旁有项王庙,这位天亡的英雄,大概是给司马迁美妙的笔尖醇化了的缘故吧,我自幼就是那样地喜爱他,同情他,为他写过了翻案的文章,又为他写过了颂扬的诗歌。文章虽然是一语都记不起来了,诗歌却远存在旧稿本里,年来虽然再不抱着那样好奇喜偏的童稚心情了,可是对他的观念,至少却不见比对于他的敌人(那位幸运的亭长)来得坏。我的走进了他那简陋的庙宇,在心理上的根据,并不全是漠然的,在我的脑里,以为他的神像,至少是应该和平常所见的古武士的造像一样,是神勇赫然,有动人心魄的大力的。哪知事实上所见的,竟是"白面,黑须,衮冕,有儒者气象",不似拔山盖世之壮士呢!(括弧内所引,为近人王桐龄《江浙旅行记》中语)我想三吴的人民,是太把英雄的气态剥去,而给予以不必要的腐儒化了。

不久,我们离去管社山麓,乘着小汽船渡登鼋头渚了。渚在充山麓,以地形像鼋头得名的。上面除建筑庄严的花神庙外,尚有楼亭数座。这时,桃花盛开,远近数百步,红丽如铺霞缀锦,春意中人欲醉。庙边松林甚盛,葱绿若碧海,风过时,树声汹涌如怒涛澎湃,渚上多奇石,突兀俯偃,形态千般。我们在那里徘徊顾望,四面湖波,远与天邻,太阳注射水面,银光朗映,如万顷玻璃,又如一郊晴雪。湖中有香客大船数只,风帆饱力,疾驰如飞。有山峰几点,若浊世独立不屈的奇士,湖上得此,益以显出它的深宏壮观了。

我默然深思,忆起故乡中汕埠一带的海岸,正与此相似。昔年在彼间教书,每当风的清朝,月的良夜,往往个人徒步海涯,听着脚下波浪的呼啸,凝神遥眺,意兴茫然,又复肃然!直等到远峰云涛几变,或月影已渐渐倾斜,才离别了那儿,回到人声扰攘的校舍去。事情是几年前的了,但印象却还是这样强烈地保留着。如果把生活去喻作图画的话,那么,这总不能不算是很有意味的几幅呢。

听朋友们说,在太湖上,最好的景致是看落日。是的,在这样万顷柔波之上,远见血红的太阳,徐徐从天际落下,那雄奇诡丽的光彩是值得赞美的。惜我是迫不及待了!

我想湖上,不但日落时姿态迷人,月景更当可爱。记得舒立人《月夜出西太湖》诗云:"瑶娥明镜澹磨空,龙女烟绡熨贴工。倒卷银潢东注海,广寒宫对水晶宫。"这样透澈玲珑的世界,怪不得他要作"如此烟波如此夜,居然着我一扁舟"的感叹,及"不知偷载西施去,可有今宵月子无"的疑问了。

接着,在庙里品了一回清茗,兴致虽仍然缠绵着,但时间却不容假借了。当我们从管社山麓坐上车子,将与湖光作别的时候,我的离怀是怎样比湖上的波澜还要泛滥呵。

我们的太平洋

◎鲁彦

倘若我问你:"你喜欢西湖吗?"你一定回答说:"是的,我非常喜欢!"

但是,倘若我问你说:"你喜欢后湖吗?"你一定摇一摇头说:"哪里比得上西湖!"或者,你竟露着奇异的眼光,反问我说:"哪一个后湖呀?"

哦,我所说的是南京的后湖,它又叫做玄武湖。

倘若你以前到过南京,你一定知道这个又叫做玄武湖的后湖。倘若你近来住在南京或到过南京,你一定知道它又改了名字了。它现在叫做五洲公园了,是不是?

但是,说你喜欢,我不能够代你确定的答复。如其说你喜欢后湖比喜欢西湖更甚,那我简直想也不敢想了。自然,你一定更喜欢西湖的。

然而,我自己却和你相反。我更喜欢后湖。你要用西湖的山水名胜来和我所喜欢的后湖比较,你是徒然的。我并不注意这些。我可以给你满意的答复:"后湖并不像西湖那样的秀丽。"而且我还会对你说:"你更喜欢西湖是完全对的。"但我这样的说法,可并不取消我自己的喜欢。我自己还是更喜欢后湖的。

后湖的一边有一座紫金山,你一定知道。它很高。它没有生长什么树木。它只是一座裸秃的山，一座没有春夏的山。没有什么山洞，也没有什么蹊径。它这里的云雾没有像在西湖的那么神秘奇妙，不能引起你的甜美的幻梦。它能给你的常是寂寞与悲凉，浩歌与哀悼。但是这样也已很好了，我觉得。它虽没有西湖的秀丽，它可有它的雄壮。

后湖的又一边有一座城墙，你也一定知道。这是西湖所没有的。可是在游人的眼睛里，常常拿它跟西湖的苏堤相比。但是它没有妩媚的红桃绿柳的映衬。它是一座废堞残垣的古城。它不能给青年男女黄金一般的迷梦。你到了那里，就好像热情之神 Apollo 到了雅典的卫城上，发觉了潜伏在幸福背后的悲哀。我觉得这样更好。它能使你味彻到人生的真谛。

但是我喜欢后湖，还不在这里。我对它的喜欢的开始，还不是在最近。那已是十年以前的事了。

十年以前，我曾在南京住了将近半年。如同我喜欢吃多量的醋——你可不要取笑我——拌干丝一样，我几乎是天天到后湖去的。我很少独自去的时候，常有很多的同伴。有时，一只船容不下，便分开在两只船里。

第一个使我喜欢后湖的原因，是在同伴。他们都和我一样年轻，活泼得有点类于疯狂的放荡。大家还不曾肩上生活的重担，只知道快乐。只有其中的一位广东朋友，常去拜访爱人而被取笑做"割草"的，和我这已经负上了人的生活的担子的，比较有点忧郁，但是实际上还是非常地轻微，它像是浮云一样，最容易被微风吹开。这几个有着十足的天真的青年凑在一起，有说有笑，有叫有唱，常常到后湖去，于是后湖便被我喜欢了。

第二个原因，是在船。它是一种平常的朴素的小渔船，没有修饰，老老实实地破着，漏的漏着。船中偶然放着一两个乡人用的小竹椅或破板凳，我们须分坐在船头和船栏上。没有篷，使我们容易接受阳光或风雨。船里有四只桨，一支篙。船夫并不拘束我们，不需要他时，他可以留在岸上。我是从小在故乡的河里，瞒着母亲弄惯了船的，我当然非常高兴，拿着一支桨坐在船尾，替代了船夫。船既由我们自己弄，于是要纵要横，要搁浅要抛锚，要靠岸要随风飘荡，一切都可以随便了。这样，船既朴素得可爱，又玩得自由，后湖便更被我喜欢了。

第三个原因是湖中的菱儿菜与荷花。当它们最茂盛的时候，很多地方几乎只有一线狭窄的船路。船从中间驶去，沙沙地挤动着两边的枝叶，闻到清鲜的香气，时时受到叶上的水滴的袭击。它们高高地遮住了我们的视线，迷住了我们的方向，柳暗花明地常常觉得前面是绝径了，又豁然开朗地展开一条路来。当它们枯萎到水面水下的时候，我们的船常常遇到搁浅，经过一番努力，又荡漾在无阻碍的所在。有时，四五个人合着力，故意往搁浅的所在驶了去，你撑篙，我扯草根，想探出一条路来。我们的精力正是最充足的时候，我们并不惋惜几小时的徒然的探险。这样，湖中有了菱儿菜与荷花，使我们趣味横生，我自然愈加喜欢后湖了。

第四，是后湖的水闸。靠了船，爬到城墙根，水闸的上面有一个可怕的阴暗的深洞。从另一条路走到水闸边，看见了迸发的瀑布。我们在这里大声唱了起来，宛如音乐家对着海的洪涛练习喉音一样。洁白的瀑布诱惑着我们脱鞋袜，走去受洗礼，随后还逼我们到湖中去洗浴游泳，倘若天气暖热的话。在这里，我们的精力完全随着喜欢消耗尽了。这又是我更喜欢后湖的一个原因。

第五，是最后而又最大的使我喜欢后湖的原因，那就是我们的太平洋。太平洋，原来被我们发现在后湖里了。这是被我们中间的一个同伴，一个诗人兼哲学家的同伴所首先发现，所提议而加衔的。它的区域就在离开水闸不远起，到对面的洲的末尾的近处止。这里是一个最宽广的所在，也是湖水最深的所在。后湖里几乎到处都有菱儿菜与荷花或水草，只有这里是一年四季露着汪洋的一片的。这里的太阳显得特别强烈，风也显得特别大。显然的，这里的气候也俨然不同了。我们中间没有一个人反对这"太平洋"新名字。我们都的确觉得到了真正的太平洋了。梦呵！我们已经占据了半个地球了！我们已经很疲乏，我们现在要在太平洋里休息了。任你把我们飘到地球的哪一角去吧，太平洋上的风！我们丢了桨，躺在船上，仰望着空间的浮云，不复注意到时间的流动。我们把脚伸到太平洋里，听着默默的波声，呼吸着最清新的空气。我们暂时地静默了。我们已经和大自然融合在一起。还有什么比太平洋更可爱、更伟大呢？而我们是，每次每次在那里漂漾着，在那里梦想着未来，在那里观望着宇宙间的变幻，在那里倾听着地球的转动，在那里消磨它幸福的青春。我们完全占有了太平洋了……

够了，我不再说到洲上的樱桃，也不再说到翻船的朋友那些事是怎样怎样地有趣，我只举出了上面的五点，你说西湖比后湖好，你可能说后湖所有的这几点，西湖也有？尤其是，我们的太平洋？

或者你要说，几十年以前，西湖的船，西湖的水草，西湖的水，都和我说的相仿佛，和我所喜欢的后湖一样朴素，一样自然。但是，我告诉你，我没有亲自看见过。当我离开南京后两年光景,当我看见西湖的时候,西湖已经是粉饰华丽得不像一个处女似的西子了。

"就是后湖,也已经大大地改变,不像你所说的十年前那样地可爱了。"你一定会这样说的,是不是?

那是我承认的。几年前我已经看见它改变了许多了。

后湖的船已经变得十分地华丽,水闸已经不通,马路已经展开在洲上。它的名字也已经换做五洲公园了。

尤其是,我的同伴已经散失了:我们中间最有天才的画家已经睡在地下,诗人兼哲学家流落在极远的边疆,拖木屐的朋友在南海入了赘,"割草"的工人和在后湖里栽筋斗的莽汉等等都已不晓得行踪和存亡了。我呢,在生活的重担下磨炼着,已经将要老了。倘若我的年轻时代的同伴再能集合起来,我相信每个人的额上已经刻下了很深的创痕,而天真和快乐,也一定不复存在了。

然而,只要我活着,即使我们的太平洋填成了大陆,甚至整个的后湖变成了大陆,我还是喜欢后湖的。因为我活着的时候,我不会忘记我们的太平洋的。

你说你更喜欢西湖。

我说我更喜欢后湖。

你喜欢你的西湖,我喜欢我的后湖就是。

你说西湖最好。

我说后湖最好。

你说你的,我说我的。

天下的事物,原来有人喜欢的都是好的,好的却不一定使人人喜欢。

你说是吗?

遥寄莫愁湖

◎金克木

她二十二岁，我二十五，一九三六年，我们相会在莫愁湖。

那年我到南京是陪一位女郎去的。在南京住了一个星期，每天傍晚去她的学校门口等她出来，一同用脚步丈量马路，一小时后送她回学校。她是学生，只有这一小时可以出校门。我和她在上火车之前才由朋友介绍认识，就这样成为朋友。

我经过南京到杭州时还是冬末，离开杭州再到南京已是初夏。那位女友已经退学走了。又有朋友介绍另一位女郎。我在她办公处找到她，递过介绍人的名片。她立刻说："你要去什么地方玩？我陪你去。"我说，上次来游了玄武湖，去了中山陵，参观了紫金山天文台，夫子庙和秦淮河也见识了。她便说："去莫愁湖吧。我也没去过，星期日下午两点来，我在门口等你。"说完就分手，彼此除名字以外什么也不知道。

我到莫愁湖才知道不是公园。湖隐藏在岸边的芦苇和一些不开花的杂树后面。不见房屋也不见有人，一片荒凉景象。沿岸走了一段路，发现停着两只小划子。不知从哪里冒出一个人，问：要划船吗？原来这还算是游艇。可是游人只有我们两个。三言两语说好了。她先上船到船头坐下，脸向船尾。那人问：自己会划吧？她抢先回答："我会划。"我看船太小，若是船尾让给船夫，我只好去挤她并坐了，便没说话，一步跨上去。我刚在船尾坐下，那人用长篙一点，船像箭一样直射湖心。等船慢下来，我把横放着的一把桨举起来要递给她，她不接，说："你划，我不会。"我从来没划过船，回头一看，离岸已远，岸上人不知哪里去了。身在船尾也换不过去。问她："你刚才说是会划的。"她说："我会划北海和昆明湖的双桨，不会用单桨。"我气往上冲，拿起桨来向水里一插，用力向后一划，不料船不向前反而掉头拐弯。我忙又划一下，船又向另一边摆过去。她大叫："你怎么划的？"我说："我本来不会，是你说会的。"这时才看出她只穿一件蓝布短旗袍，坐在对面，两条光腿全露出来，两只手臂也是光的，两肘立在膝上，两手托住下巴，两眼闪亮闪亮望着我，短发飘拂额上，嘴角带着笑意，一副狡黠神气，仿佛说："看你怎么办？"我怒气冲天，又不甘心示弱，便再也不看她一眼，专心研究划船。连划几下，居然船头在忽左忽右摆来摆去之中也有时前进一步，但转眼又摆回头。我恍然大悟，这船没有舵，桨是兼舵的。我也必须兼差。桨拨水的方向和用力的大小指挥着船尾和船头。明是划水，实是拨船。我有轻有重有左有右做了一些试验之后，船不大摆动，摆动时我也会纠正，船缓缓前进了。我一头大汗学会了一件本领，正在高兴，忽听一声笑："你还不笨。"我一心只管划船，望着船头和湖面，连系手中的桨和身下船尾，没把船中人影放在眼里，忘了同伴的存在。她这一句话将我惊醒，气又冲上来。还没回嘴，船头又偏了。不说话，不理她，只顾划船。越划越熟练，这才暂停，掏出手帕擦汗，看出对面真是个女孩子，满脸笑容，不像讥嘲，倒像是有点欣赏。气消了，满心想停下划船，过去和她并坐。她猛然起身，好像要到船尾来。船一摇晃,她又坐下,说:"真抱歉,累了你了。我想过去帮你忙,也不行,船太小了。"几句话使我满腔愤怒化为满心欢喜。船已差不多到了湖心。太阳藏在云里。空荡荡的湖。一叶扁舟。有保证能划回去,放下心来,听她唧唧呱呱谈天说地,于是成为朋友。回到市内已是万家灯火,又同吃了一顿晚饭,听她把自己的事说了一通,连为什么没念完大学,改名字,都说了。原来她是前一年冬天"一二九"以后匆忙离开北京的。饭吃完了,账也给了,话还没谈完。饭店已经打烊了。我们坐在门口,我脸向外,看不见室内。她脸朝里,看见人家收拾桌椅也不说。店伙到我们身边时,她才笑着站起来说:"走吧。"让我一直送她到宿舍门口。以后我就离开了南京。

去南京时我陪的女郎是广东人。再到南京认识的女郎是广西人。前一位是我的朋友的朋友的未婚妻,我上火车时已经模模糊糊知道。后一位陪我游湖时也已经是别人的未婚妻,她却一字不提。说了那么多话,独独不说这件事。半年后她去了东京,是两人结了婚同去的,也没在信中告诉我。我的一位朋友去日本,由我介绍找到她,才来信说明。她同时来信说:"如果你怪我,我就不敢把我的他介绍给你认识了。"

她为什么说我会怪她?这不是和湖上划船一样吗?莫愁湖上莫愁人。二十二岁女孩子的心理,我到现在还是不明白。说我"不笨",太客气了,实在是过奖了。

过了十年,一九四六年,我又见到她,已经是四个孩子的母亲了。

湖殇

◎素素

　　至今仍惦记着玄武湖和大明湖,或许那一点点嘈杂
并不影响它们的美丽,但湖就是湖,湖应该是这个世界最
安静的地方,它存在的意义,就是让所有在逼仄中窒息、
在红尘中受难、在旅途中疲累的灵魂,有一个憩所。

　　不看湖的时候,美人的深眸便是湖。看了湖之后,湖是城
市的心。其实,我所居住的城市,只有一个人工湖,在儿童公
园的一角,湖面上仅能游开几只白鹅形状的船。冬天湖便结
冰,常有小孩滑冰时不小心掉进冰窟,前几年几乎每个冬天都
能在报上见到一个两个舍身救儿童的英雄人物,只不过那英
雄都没有死,湖浅,能淹了小孩却淹不了大人。后来湖更浅了
一些,冰则厚了一些,这类事情就不再发生了。

　　我工作的机关离这个湖很近。春回的时候,我们便在湖
边挖黑色的淤泥,挖冬天里四周居民倒的垃圾。一起来的还
有学校和部队,要在这里挖一天,挖出的东西有一股腥臭的气
味,想不到湖的下面有这样深重的积淀。挖过之后,儿童节就
快到了,做妈妈的便想到该带女儿去湖边看柳,偶尔也租一只
大鹅在湖上漫游——叫慢游更准确,人太稠了。女儿看动画
片看出了一个习惯,骑的坐的都要风驰电掣,慢游了半小时,

女儿便有了烦躁的意思,第一次要求提前回家,宁可画画儿弹琴去!

湖太小,然而我的生活里毕竟有一个叫作湖的地方。

去年有了两次开笔会的机会。先到的南京,南京有玄武湖、莫愁湖。有一位诗人朋友某次坐在莫愁湖畔,居然想念了我。湖是很能令人想起什么的,身外的风景与心内的风景总是遥相呼应的。然而我到南京最急切要见的不是莫愁,而是玄武,因为它大。玄武湖是可以追溯到三国吴的,历朝历代都极善待这湖,并竭力地放大它。今人又胜过古人,新中国给了湖以新的生命,这是必然的。总之,千年的湖依然年轻。所以乍见玄武湖,我竟舍不得快走,生怕一走就走到底。尽管南京的朋友一再说这个湖一天也走不完,我仍像个老人似的蹒跚着东张西望。我开始明白六朝粉黛为什么迷恋南京,因为有玄武湖。我也开始明白在日渐喧闹的城市里面,为什么保留着这一处静谧的所在,因为湖是城市人最后的空间。但是,就在这时,有一种很杂乱的声音送进我的耳里。细一分辨,是儿童乐园的碰碰车。还有一种声音是从那间很别致的公园小屋里传出来的,像野人的嚎叫,像野兽的斯杀。屋外的牌子上赫然写着:当代原始部落掠影海外版录像,票价×元。当我快快离开那小屋向公园深处走去时,另一种声音更加鼓噪,不知哪里来的杂技班子用劣质编织布围起了城堡,《西游记》音乐与猴子的尖叫刺耳地混响,直让我感觉无处可逃。

好在玄武湖大,浩茫的湖水能使那些怪异的声音和灰尘渐渐地被吸收,以至于吞没。我终于找到了一条安静而有意味的小路,一边是千年老树,树冠呈弧形绕过人头,垂进另一边的湖里。我认定了这条浓荫穹起的小路,走过去,再走回来。直到走累了，才坐在树下的长椅上，面向着绰绰约约的湖，呼吸着这里的清宁。突然，背后砰的一声枪响，我立刻中弹一般跳起，咫尺之外，竟是一座商业性打靶场。

玄武湖一下子老了，我的玄武湖之游也到此为止。

另一次是去泰山开笔会时路经济南，我执意要去大明湖。我没见过大明湖，但我熟悉一支关于大明湖的歌儿，它的鲜荷和丽水，在我心中永远栩栩生动。而且，我知道济南是万泉之城，那一万个泉将使大明湖永远清澈，永不枯竭。所以走进济南，我的心十分安详，玄武湖的那种伤感已是很淡了。

但是，我在这座以湖命名的公园里未及走进百步，就被与玄武湖十分相似的声浪撞了回来。依旧是碰碰车转转车，微小的巨大的，布满了树下和天空。这儿距海较远，所以新建了大型"迷你鱼宫"、"海底世界"，貌似文化的商人们拥挤进湖里，以一种极粗糙的方式，强迫观湖的人观海。各种声响的高音喇叭此起彼伏，像走进一个农贸市场，没有立足之地，没有一片荫凉。完全不是第一次来的那份新奇和陌生的心情，倒对一种熟悉的东西滋生出深深的厌恶。我只向那湖面匆匆一瞥，一瞥之间，我便发现湖面落满了灰尘，湖上的天空也涂满了灰尘，包括这座万泉之城，也是灰尘的颜色。

当我诀别似的从大明湖退出，也便想即刻就退出这个城市。但我没有这样告诉我的济南朋友，那天为看湖，他们特意租了辆敞篷三轮脚踏车，为的让我把城市与湖都看个透彻。只怪我读过郦道元的《水经注》，读过刘凤诰的"四面荷花三面柳，一城山色半城湖"，那天我确确实实刚走到湖边就转身往回走了。

曾有一个人想"打捞世界的原稿"。他认为我们当今的世界已失去了"原天"、"原草木"、"原水",如果这种失去积累得太多,"总有一天要在地球上堆积出无法穿透的黑暗"。这就是思想者以及思想者的痛苦吧? 我想,当不是一个人而是整个人类都能为此而痛苦时,原来的世界怕已成为废墟了。

只是,至今仍惦记着玄武湖和大明湖,或许那一点点嘈杂并不影响它们的美丽。

但湖就是湖,湖应该是这个世界最安静的地方,它存在的意义,就是让所有在逼仄中窒息、在红尘中受难、在旅途中疲累的灵魂,有一个憩所。

白马湖之冬

◎叶兆言

一

一九二一年深秋,夏丏尊先生一家从热闹的杭州,搬到浙江上虞的白马湖。在《白马湖之冬》这篇文章中,夏先生把当时的景象,写得十分不堪:

> 那里的风,差不多日日有的,呼呼作响,好像虎吼。屋宇虽系新建,构造却极粗率,风从门窗隙缝中来,分外尖削,把门缝窗隙厚厚地用纸糊了,椽缝中却仍有透入。风刮得厉害的时候,天未夜就把大门关上,全家吃毕夜饭即睡入被窝里,静听寒风的怒号,湖水的澎湃。靠山的小后轩,算是我的书斋,在全屋子中风最小的一间,我常把头上的罗宋帽拉得低低的,在洋灯下工作至夜深。松涛如吼,霜月当窗,饥鼠吱吱在承尘上奔窜。我于这种时候深感到萧瑟的诗趣,常独自拨划着炉灰,不肯就睡,把自己拟诸山水画中的人物,作种种幽邈的遐想。

《白马湖之冬》是夏先生的散文名篇,现在知道的人,大约已经不多了。人书俱老,当年喜欢开明书店出版物的读者,如果还健在的话,对这篇文章一定记忆犹新。今天的青年人看起来,夏先生实在是太古老了。虽然从年岁上来说,他比周作人还要小两岁,可是在我印象中,似乎该和周作人的哥哥鲁迅差不多。

我们习惯于把鲁迅那一代人,称之为五四一代,其实这个深究不得。五四运动发生的那一年,鲁迅已快四十岁,夏先生也三十好几,他们世界观早已形成,信念开始顽固。我们所说的五四一代,应该是他们教的学生,他们这代人是陈胜吴广,他们的学生才是项羽刘邦。夏先生搬到白马湖之前,曾和鲁迅先生共过事,那时候,他们同在杭州两级师范任教,既是浙江同乡,上虞县隶属绍兴府,又都是从日本留学归来,同属"柿油党"之类的新派人物。我在夏先生文章中见到的鲁迅故事,是些别人不太提起的小事情,譬如鲁迅当时教生理卫生,应学生的要求,加讲"生殖系统",这在当时,绝对是一件很过分的事情,因为那年头还没有进入民国,还是在前清,性知识十分落后和保守。鲁迅有很好的古文底子,他是章太炎先生的高足,讲课难免乃师之风,用的字今天看起来都非常古奥陌生,譬如用"也"表示女阴,用"了"表示男阴,用"●"代表精子,对于没有古文字基础的人来说,差不多就是天书了。

二

夏先生十五岁中秀才,十六岁结婚,十八岁当父亲。封建社会的读书人,一当秀才,基本上就是上了贼船,免不了要在科举的这条道上走到黑。夏先生的家族似乎谈不上诗书传家,他父亲和他一样,也是个文乎乎的秀才,而且仅仅就是个秀才,像未中举的范进那样生存着。父亲一辈的叔伯,夏先生自己一辈的兄弟,都不是什么读书人,只有他们父子两个是夏家的读书种子,其他人经商,靠别的本事谋生。万般皆下品,唯有读书高,夏先生父子在家族中承担着"中举人点翰林,光大门楣"的重任。父亲眼看着不行了,五间三进大宅子里的美好希望,便落到了夏先生身上。

好在科举废除了,釜底抽薪,这点往上爬的希望想不落空都不行。夏先生只能改走别的路,去读新学。告别八股文,进新学堂,那场面十分热闹,活像二十多年前的恢复高考。一时间,百废待兴,各式各样的遗老遗少,各种年龄段的学生夫子,携手走进了同一教室。夏先生求学时进过许多学校,留过洋,同学中有名气的人不少,像北京大学的马寅初,就是中西书院的同学,这学校是东吴大学的前身。可是夏先生学校的门槛进了不少,却从没有认认真真地得到过一张文凭,或许是经济实力不够的缘故,他的学校生活是虎头蛇尾,临了都没毕业。

一九七八年,我考上了大学,忍不住有些得意,祖父迎头就是一盆冷水,告诫说不要把上大学当回事。他说我们老开明的人,一向都看不上大学毕业生,大学生肚子里没东西的人多的是。我不敢武断地说开明的老人中,有很多都不是大学生,但是我熟悉的好几位,都是重量级的人物,就没有大学文凭。开明不重学历只重学问是不用怀疑,同样,老开明的人确有学问,这一点也不用怀疑。夏先生并不是开明的老板,他是开明重要的负责人,主持日常工作,开明出版的重点图书,差不多都是经过了他的拍板。开明在中国出版史上能有那样的成就,夏先生功不可没。

我读到《白马湖之冬》的时候，已经是大学三年级，当时的感受十分滑稽，因为印象中的白马湖，完全不是这个样子。文字描写的现实，与真实世界的现实，总是有着这样那样的差异。赵景深先生在文章中，曾说夏先生就是白马湖人，这是不对的。白马湖原是一片荒野，因为民国初期兴办教育，春晖中学建在了这里，才渐渐有了人气。夏先生在春晖中学任教，湖对面盖了房子，取名为平屋，也就是《白马湖之冬》"静听寒风的怒号"的那栋房子。与平屋毗邻的是丰子恺先生的"小杨柳屋"，再过去还有弘一法师的"晚晴山房"。荒山野地，凭空有了这些名人，也就立刻有了文化。

　　人杰地灵，平屋之美丽，远不是三言两语就可以说清楚。很多人去苏州，看到叶家的老屋，也就是现在的《苏州杂志》社，都说这房子如何漂亮，他们不知道夏先生当年见了这房子，曾十分不满，用一口绍兴话对我大伯说："你们老人家的房子造得尬笨，并排四间，直拔直的。"我大伯是夏先生的女婿，以夏先生的内敛性格，不是至亲，这种话大约是不愿意议论。或许因为是亲家翁的关系，很多人与我聊天，误以为夏先生的岁数与我祖父差不多。其实我大伯是长子，大伯母是夏先生的幼女，夏先生的长孙与我父亲同年。叶家夏家的后人在一起，同龄人相差了一辈，常常为彼此之间的称呼尴尬，年龄和辈分有些复杂，大家只能指名道姓乱喊。

　　话还是回到白马湖的平屋上来，这栋房子显然浸透了夏先生的心血，这是他的得意之作。读者千万不要因为读了《白马湖之冬》这篇文章，就把平屋想像得如何差劲。君子固穷，穷了才雅，夏先生这样的老派文人笔下，不屑使劲地夸耀自己的房子。要想领略平屋的风光，最好的办法是去读别人的文章。在同辈作家的笔下，有不少文字提到了白马湖的秀丽景色，其中仅仅朱自清一人，就为这地方写了好几篇美文。"文化大革命"后期李秀明主演的电影《春苗》，前些年轰动一时的电视连续剧《围城》，外景地选在了白马湖。看过这些电影电视的人，想必对那湖光山色的优美还会有些印象，而《围城》中的几场室内戏，干脆是在平屋里拍摄的。

大伯母当年看电视剧《围城》十分激动，因为她就是在那栋房子里度过了童年。

三

我第一次随大伯母到白马湖的时候，是一九七四年，那一年我十七岁，大伯母已是年过半百的老太太。也许是初夏的关系，白马湖与夏先生文章中的描写，丝毫不搭界。我知道的都是些似懂非懂连不起来的故事，首先，是夏先生名字中的那个"丏"实在有些难度，连中央电视台的播音员都要读错。我至今也不太会写这个字，电脑用五笔字形怎么都打不出来。大伯母告诉我，夏先生当年用这个字，是故意要让人把字写错，"丏"很容易写成"丐"，写错了，写着他名字的那张选票便自然作废。

很长时间内，我不明白这是怎么回事。

这里水很清，山清水秀，大大小小的湖面一个挨着一个，白马湖只是其中最美丽的一个。我天天到湖里去游泳，有一次竟然游到好几里路外的驿亭去了，一来一去，要好几个小时，把大伯母和夏先生的大儿媳吓得够呛。正在焦急之中，有一个老乡告诉她们，看见有人往某某方向去了，结果当我游回来的时候，两个老太太正站在岸边的码头上跳脚。

　　闲时我们就在平屋的阁楼上乱翻。夏先生一个在上海长大的重孙回乡当知青，正在那里插队落户，他要比我大好几岁，让我对着亮光，看了一些陈年旧月的底片。那是一种落满了时间灰尘的玻璃底片，和后来常见的黑白胶片不一样。夏先生的二儿子喜欢摄影，这大约就是他留下来的，我们胡乱地翻着，看着，因为所有的影像都黑白颠倒，也没看出什么名堂。

　　虽然是在乡村，这地方比任何一个繁华都市更有文化气息，更能感受到历史的痕迹。在我的印象中，白马湖的平屋和周围环境和在一起，就是一幅意境悠远的国画。在这样的环境里，很自然地可以远离当时的"文化大革命"。大伯母和她的嫂子都是家庭妇女，她们已经许多年没有见面，两人没完没了地说着过去的故事。这屋子里曾来过许多现代文学史上的重要人物，除了弘一法师、丰子恺，还有朱自清和俞平伯。还有那些到春晖中学去的社会名流，这些人想来也会在平屋留下足迹，譬如蔡元培，譬如何香凝，包括吴稚晖和黄炎培，他们都是春晖中学的创办者经亨颐的好友。

　　大伯母老是要跟我念叨弘一法师，讲很多年以前，弘一法师怎么到白马湖来做客。说他拿着自己珍藏的一块毛巾去湖边洗脸，毛巾上到处都是破洞，夏先生急忙追了出去，要为他换一块新毛巾。弘一法师很认真地说："这块毛巾很好呀，你看不是还能用吗？"到吃饭的时候，因为弘一法师是吃素的，夏先生为了他的营养，特地关照在萝卜中多放些油，油是多放了，却有些咸，夏先生忍不住要埋怨夏师母，弘一法师又平心静气地说："不咸的，这很好吃，真的很好吃。"

　　大伯母告诉我，夏先生一生中最要好最佩服的朋友，就是

白马湖之冬

这位弘一法师,夏先生把弘一称为畏友,意思是说弘一法师的一言一行,对自己都能起着启迪和激励的作用。我当时并不太明白这里面蕴藏的禅机,对弘一法师谈不上什么敬意,只是把使用破毛巾,简单理解成为艰苦朴素的革命传统,同时又觉得就算是把萝卜烧得咸了一点,也不是什么大事。

夏先生一再强调,对于物质世界,我们平常人从来都是简单地拥有,只有是高人,才能像弘一法师那样,真正体会到破毛巾和萝卜的妙处。

四

夏先生身上很有些名士气。当年的平屋门口,写着一副对联"青山绕户,白岩当门",好一个"白岩当门",完全是不食人间烟火的意思。还有一副对联,"宁愿早死,莫做先生",据说也是夏先生的,这大约是"命穷不如趁早死,家贫无奈做先生"里化出来。"五四"以后,整个社会在一片呐喊声中,很快陷入了彷徨。夏先生对国家的前途颇有些失望,搬到白马湖,译点小文章,在春晖中学教几节课,幻想着过隐居的田园生活。开明后来出版的一本畅销书《爱的教育》,就是他在这时期翻译的。

有一天,好友刘大白打了一封电报给夏先生,邀他去杭州做官。刘大白曾是他的同事,"五四"前后一起支持过学生运动,按说也算是志同道合。从情理上来说,刘大白显然不会给夏先生当上,换了别人准会喜出望外,夏先生却把电报扔还给了脚夫,一句话也不说,自顾自地弄着门前的花木。送电报的脚夫急了,说:"老先生不给赏钱,脚钱总得给吧,我好歹是来回跑了十几里路。"夏先生说："电报又不是我叫你送的,你要脚钱,向打电报的人要去!"脚夫气得想骂娘,又没有这个胆子,只好自认晦气走人。

这活脱是《世说新语》中的段子,如果夏先生真的是一直过隐居生活,后来我们所熟悉的那些故事,也就不存在了。中国知识分子向往田园,希望过隐居的生活,说来说去,还是因为不得志。说好听一点,是不愿为了五斗米折腰,可是城市生活有时候就是五斗米。现实世界中的隐居生活本来就是不现实的,夏先生在白马湖的时间并不长,没有几年,他再次去了上海,到立达学园教国文,兼教文艺思潮。立达学园是教育救国的又一个例子,代表着当时的一种社会理想,地处还很偏僻的江湾,有一个农场,在此地教学的同样都是些很有名望的人,譬如朱光潜,譬如方光焘和丰子恺,还有马宗融和赵景深等。夏先生虽然没有什么正式文凭,毕竟有些真才实学,加上他是留学生,不仅在立达站住了脚,不久又成了暨南大学的中文系主任。

说来说去,夏先生一生的理想,还是落实在了教育上。"莫做先生"不过是一时的气话,他这一辈子,也只能是做做"先生"。夏先生当系主任的日子并不长,或许觉得面对学生在课堂上讲课,还不如索性编书让学生自己去读更好,他很快就把个人的全部精力,投入到编辑事业中,成了开明书店的编辑主任。有一种说法是担任编辑所长,反正是编辑工作方面的主要负责人,从此就和开明书店分不开了。可以这么说,没有夏先生,就没有开明书店,更没有什么开明传统。熟悉开明的人都知道,这书店不是什么实力雄厚的大出版社,可是它出版的文学和教育书籍,却非同小可,巴金的代表作《灭亡》、《新

白马湖之冬

125

生》、《家》，茅盾的代表作《幻灭》、《动摇》、《追求》、《子夜》，丁玲的《在黑暗中》，王统照的《山雨》，最初都是在开明出版。还有影响广泛的《中学生》、《开明少年》杂志，还有钱钟书的《谈艺录》。最难能可贵的，是开明培养了一支认真负责朴实无华，始终能坚守文化教育底线的编辑队伍。

　　一九四九年以后，开明书店并入中国青年出版社，上世纪五六十年代出版了很多有影响的文学读物，譬如《红岩》、《红日》、《红旗谱》，还有柳青的《创业史》。"三红一创"的文学成就今天看来实在不怎么样，搁在上世纪五六十年代，绝对是评功摆好的本钱。部分开明人去了人民教育出版社，成了该社编写教材的中坚力量。不管怎么说，中青社和人教社最能继承开明传统，而传统本身又是由编辑的优秀素质决定。人才就是人才，搁什么地方都可以闪光。

五

　　父亲生前常和我说夏先生的轶事，一九三七年，十一岁的父亲逃难时路过白马湖，一下子就被夏先生收藏的书籍吸引住了。想不到在偏僻的乡间，竟然会有这么个好地方。父亲和后来的我一样，自从见识了白马湖，从此就对它赞不绝口。

　　父亲对夏先生的印象，已全然没有了当年的名士风度，说一口浓浓的绍兴话，喜欢抿几口老酒，酒喝得不多，却老是在喝。父亲说夏先生永远是在发愁，进亦愁，退亦忧，抗战前忧心忡忡，抗战胜利了，仍然是忧心忡忡。他显然是个悲观主义者，悲观到连人家生孩子，都会触景生情地唉声叹气，为这孩子未来的生存感到担忧。夏先生的一生是个矛盾体，既寄希望文化的教育，又对现实和未来非常失望。他相信文化教育可以改变人生，又发现世道人情的变化，完全不合自己的本意。"以悲观之人，生衰乱之世"，这是夏先生一生的不幸。晚年的夏先生对什么都不满意，牢骚满腹，这也看不入眼，那也听不入耳，他曾对自己的小女婿我的伯父抱怨：

"只有你们老人家，说总会好起来，到底哪能会好，亦话勿出。"

夏先生的逝世，让很多老朋友感到悲哀。因为正好是抗战胜利不久，大家还没有从喜悦中惊醒过来，大好前程刚刚开始，他竟遽尔作古了。逝世的前一天，夏先生对我祖父说了这样一句话："胜利！到底啥人的胜利——无从说起！"

作为一名留日学生，夏先生对日本文化有深厚的感情，非常欣赏日本人的文学艺术和生活情趣。他认为中国是打不过日本的，因为他既熟悉中国人，也熟悉日本人。夏先生不好战，但是他有一个坚定的信念，这就是坚决不做亡国奴。"一·二八事变"后，他捡了一块日本空军扔的炸弹碎片供在书桌上，借以表达对侵略者的仇视。日本人来了以后，他不再出门，放弃了最微薄的一份薪水。一九四三年，他曾被日本宪兵司令部捉去，关了一阵才放出来，在此期间，他拒绝用自己擅长的日语回答日本人的审讯。

夏先生就葬在平屋后面的山坡上，在一片翠绿之中，遥望着白马湖。他死后，生前好友组成了夏丏尊先生纪念金委员会，募集了一笔款项，专赠任职十年以上，教学成绩突出，在语文教学上有创见的中学国文教师。"先生泉下有知，必将谓吾道不孤，惠同身受，而受之者亦可以得所慰藉，益加奋勉。"可惜这个奖只发过一次，授奖者是姚韵漪女士，随着当时的通货膨胀,物价飞涨,钱根本就不值钱,奖金已失去意义而无法继续。

据说弘一法师出家,还是因为夏先生的缘故,是夏先生让李叔同接触到了佛学的光辉。夏先生有许多佛教界朋友,他过世以后,几位信佛的朋友坐在他床前,点燃了一支支藏香,不停地念着"南无阿弥陀佛"。夏先生最终是火化的,在当时,只有信佛的人才会这样。对于夏先生的评价,有一位叫芝峰法师的出家人说的一段话最为贴切,这段话是法师在点火前说的:

> 夏居士丐尊六十一年来,于生死岸头,虽未显出怎样出格伎俩,但自家一段风光,常跃然在目。竖起撑天脊骨,脚踏实地,本着己灵,刊落浮华,露堂堂地,蓦直行走。贫于身而不诏富,雄于智而不傲物,信仰古佛而不佞佛,缅怀出世而非厌世,绝去虚伪,全无迂曲。使强暴者失其威,奸贪者有以愧,怯者立,愚者智,不唯风规今日之人世,实默契乎上乘之教法。

2005 年 11 月 14 日　南山

翠湖心影

◎汪曾祺

有一个姑娘，牙长得好。有人问她：

"姑娘，你多大了？"

"十七。"

"住在哪里？"

"翠湖西。"

"爱吃什么？"

"辣子鸡。"

过了两天，姑娘摔了一跤，磕掉了门牙。有人问她：

"姑娘多大了？"

"十五。"

"住在哪里？"

"翠湖。"

"爱吃什么？"

"麻婆豆腐。"

这是我在四十四年前听到的一个笑话。当时觉得很无聊（是在一个座谈会上听一个本地才子说的）。现在想起来觉得很亲切。因为它让我想起翠湖。

昆明和翠湖分不开。很多城市都有湖。杭州西湖、济南大明湖、扬州瘦西湖。然而这些湖和城的关系都还不是那样

湖

密切。似乎把这些湖挪开，城市也还是城市。翠湖可不能挪开。没有翠湖，昆明就不成其为昆明了。翠湖在城里，而且几乎就挨着市中心。城中有湖，这在中国，在世界上，都是不多的。说某某湖是某某城的眼睛，这是一个俗得不能再俗的比喻了。然而说到翠湖，这个比喻还是躲不开。只能说：翠湖是昆明的眼睛。有什么办法呢，因为它非常贴切。

翠湖是一片湖，同时也是一条路。城中有湖，并不妨碍交通。湖之中，有一条很整齐的贯通南北的大路。从文林街、先生坡、府甬道，到华山南路、正义路，这是一条直达的捷径。——否则就要走翠湖东路或翠湖西路，那就绕远多了。昆明人特意来游翠湖的也有，不多。多数人只是从这里穿过。翠湖中游人少而行人多。但是行人到了翠湖，也就成了游人了。从喧嚣扰攘的闹市和刻板枯燥的机关里，匆匆忙忙地走过来，一进了翠湖，即刻就会觉得浑身轻松下来；生活的重压、柴米油盐、委屈烦恼，就会冲淡一些。人们不知不觉地放慢了脚步，甚至可以停下来，在路边的石凳上坐一坐，抽一支烟，四边看看。即使仍在匆忙地赶路，人在湖光树影中，精神也很不一样了。翠湖每天每日，给了昆明人多少浮世的安慰和精神的疗养啊。因此，昆明人——包括外来的游子，对翠湖充满感激。

翠湖这个名字起得好！湖不大，也不小，正合适。小了，不够一游；太大了，游起来怪累。湖的周围和湖中都有堤。堤边密密地栽着树。树都很高大。主要的是垂柳。"秋尽江南草未凋"，昆明的树好像到了冬天也还是绿的。尤其是雨季，翠湖的柳树真是绿得好像要滴下来。湖水极清。我的印象里翠湖似没有蚊子。夏天的夜晚，我们在湖中漫步或在堤边浅

130

草中坐卧,好像都没有被蚊子咬过。湖水常年盈满。我在昆明住了七年,没有看见过翠湖干得见了底。偶尔接连下了几天大雨,湖水涨了,湖中的大路也被淹没,不能通过了。但这样的时候很少。翠湖的水不深。浅处没膝,深处也不过齐腰。因此没有人到这里来自杀。我们有一个广东籍的同学,因为失恋,曾投过翠湖。但是他下湖在水里走了一截,又爬上来了。因为他大概还不太想死,而且翠湖里也淹不死人。翠湖不种荷花,但是有许多水浮莲。肥厚碧绿的猪耳状的叶子,开着一望无际的粉紫色的蝶形的花,很热闹。我是在翠湖才认识这种水生植物的。我以后也再也没看到过这样大片大片的水浮莲。湖中多红鱼,很大,都有一尺多长。这些鱼已经习惯于人声脚步,见人不惊,整天只是安安静静的,悠然地浮沉游动着。有时夜晚从湖中大路上过,会忽然拨刺一声,从湖心跃起一条极大的大鱼,吓你一跳。湖水、柳树、粉紫色的水浮莲、红鱼,共同组成一个印象:翠。

一九三九年的夏天,我到昆明来考大学,寄住在青莲街的同济中学的宿舍里,几乎每天都要到翠湖。学校已经发了榜,还没有开学,我们除了骑马到黑龙潭、金殿,坐船到大观楼,就是到翠湖图书馆去看书。这是我这一生去过次数最多的一个图书馆,也是印象极佳的一个图书馆。图书馆不大,形制有一点像一个道观。非常安静整洁。有一个侧院,院里种了好多盆白茶花。这些白茶花有时整天没有一个人来看它,就只是安安静静地欣然地开着。图书馆的管理员是一个妙人。他没有准确的上下班时间。有时我们去得早了,他还没有来,门没有开,我们就在外面等着。他来了,谁也不理,开了门,走进阅览室,把壁上一个不走的挂钟的时针"喀拉拉"一拨,拨到八点,这就上班了,开始借书。这个图书馆的藏书室在楼上。楼板上挖出一个长方形的洞,从洞里用绳子吊下一个长方形的木盘。借书人开好借书单,——管理员把借书单叫做"飞子",昆明人把一切不大的纸片都叫做"飞子",买米的发票、包裹单、汽车票,都叫"飞子",——这位管理员看一看,放在木盘里,一拽旁边的铃铛,"当啷啷",木盘就从洞里吊上去了。——上面大概有个滑车。不一会,上面拽一下铃铛,木盘又系了下来,你要的书来了。这种古老而有趣的借书手续我以后再也没有见过。这个小图书馆藏书似不少,而且有些善本。我们想看的书大都能够借到。过了两三个小时,这位干瘦而沉默的有点像陈老莲画出来的古典的图书管理员站起来,把壁上不走的挂钟的时针"喀拉拉"一拨,拨到十二点:下班!我们对他这种以意为之的计时方法完全没有意见。因为我们没有一定要看完的书,到这里来只是享受一点安静。我们的看书,是没有目的的,从《南诏国志》到福尔摩斯,逮着什么看什么。

翠湖图书馆现在还有么?这位图书管理员大概早已作古了。不知道为什么,我会常常想起他来,并和我所认识的几个孤独、贫穷而有点怪癖的小知识分子的印象掺和在一起,越来越鲜明。总有一天,这个人物的形象会出现在我的小说里的。

翠湖的好处是建筑物少。我最怕风景区挤满了亭台楼阁。除了翠湖图书馆,有一簇洋房,是法国人开的翠湖饭店。这所饭店似乎是终年空着的。大门虽开着,但我从未见过有人进去,不论是中国人还是法国人。此外,大路之东,有几间黑瓦朱栏的平房,狭长的,按形制似应该叫做"轩"。也许里面是有一方题作什么轩的横匾的,但是我记不得了。也许根本没有。轩里有一阵曾有人卖过面点,大概因为生意不好,停歇了。轩内空荡荡的,没有桌椅。只在廊下有一个卖"糠虾"的老婆婆。"糠虾"是只有皮壳没有肉的小虾。晒干了,卖给游人喂鱼。花极少的钱,便可从老婆婆手里买半碗,一把一把撒在水里,一尺多长的红鱼就很兴奋地游过来,抢食水面的糠虾,唼喋有声。糠虾喂完,人鱼俱散,轩中又是空荡荡的,剩下老婆婆一个人寂然地坐在那里。

路东伸进湖水,有一个半岛。半岛上有一个两层的楼阁。阁上是个茶馆。茶馆的地势很好,四面有窗,入目都是湖水。夏天,在阁子上喝茶,很凉快。这家茶馆,夏天,是到了晚上还卖茶的(昆明的茶馆都是这样,收市很晚),我们有时会一直坐到十点多钟。茶馆卖盖碗茶,还卖炒葵花子、南瓜子、花生米,都装在一个白铁敲成的方碟子里。昆明的茶馆计账的方法有点特别:瓜子、花生,都是一个价钱,按碟算。喝完了茶,"收茶钱!"堂倌走过来,数一数碟子,就报出个钱数。我们的同学有时临窗饮茶,嗑完一碟瓜子,随手把铁皮碟往外一扔,"Pia——"碟子就落进了水里。堂倌算账,还是照碟算。这些堂倌们晚上清点时,自然会发现碟子少了,并且也一定会知道这些碟子上哪里去了,但是从来没有一次收茶钱时因此和顾客吵起来过;并且在提着大铜壶用"凤凰三点头"手法为客人续水时,也从不拿眼睛"贼"着客人。把瓜子碟扔进水里,自然是不大道德。不过堂倌不那么斤斤计较的风度却是很可佩服的。

除了到昆明图书馆看书,喝茶,我们更多的时候是到翠湖去"穷遛"。这"穷遛"有两层意思,一是不名一钱地遛,一是无穷无尽地遛。"园日涉以成趣",我们遛翠湖没有个够的时候。

尤其是晚上，踏着斑驳的月光树影，可以在湖里一遛遛好几圈。一面走，一面海阔天空，高谈阔论。我们那时都是二十岁上下的人，似乎有很多话要说，可说，我们都说了些什么呢？我现在一句都记不得了！

我是一九四六年离开昆明的。一别翠湖，已经三十八年了，时间过得真快！

我是很想念翠湖的。

前几年，听说因为搞什么"建设"，挖断了水脉，翠湖没有水了。我听了，觉得怅然，而且，愤怒了。这是怎么搞的！谁搞的？翠湖会成了什么样子呢？那些树呢？那些水浮莲呢？那些鱼呢？

最近听说，翠湖又有水了，我高兴！我当然会想到这是三中全会带来的好处。这是拨乱反正。

但是我又听说，翠湖现在很热闹，经常举办"蛇展"什么的，我又有点担心。这又会成了什么样子呢？我不反对翠湖游人多，甚至可以有游艇，甚至可以设立摊棚卖破酥包子、焖鸡米线、冰激凌、雪糕，但是最好不要搞"蛇展"。我希望还我一个明爽安静的翠湖。我想这也是很多昆明人的希望。

1984 年 5 月 9 日

昆明湖环行记

◎刘致平

　　昆明是四季皆春风光明媚的一个地方。它南面的昆明湖(即滇池)碧波万顷,秀山环拱,更是人人渴想的名胜。如能安步当车,环湖一周,漫览山川风物之美,宁非快事? 所以当我接到青年会举办环湖旅行的通知的时候,不禁手舞足蹈。这张通知上面写的是"青年会举办环昆明湖旅行,新年假期,练习行军,锻炼体魄,扩大宣传,参观电厂,经济旅行,获益良多"等等标题。所拟旅行方法计分三组:(一)脚踏车组,(二)步行组,(三)乘船车骑组。步行组行程是于二十八年十二月三十一日(星期日)由昆明乘火车到呈贡,行路四十里宿晋宁,一月一日(星期二)晋宁行四十五里宿昆阳,一月二日昆明乘渡船到海口,行十五里宿石龙坝。一月三日,石龙坝行四十里到温泉洗澡,一月四日温泉行四十里到碧鸡关乘小船回昆明。这种团体旅行对于精神及体格俱有好处。并且利用新年一元复始的时候,藉昆湖风光,将萎靡的意志彻底洗涤一番,也是很需要的事情。我更喜欢劳动,所以即刻报名参加步行组旅行。于十二月二十八日集会游侣一次之后,便准备了提包毛毡相机手杖等类,于十二月三十一日首途出发。

十二月三十一日　由昆明经呈贡宿晋宁

十二月三十一日，这是二十八年最后一天——辞旧岁迎新年的一天！绝早起，天破晓，在清冷的北门街上抓了一辆洋车，拉到火车站，付车资一元（战前只一毛）。车站售票处拥挤不堪。一时情急，径到车上，等车开后补票。车虽新，可是脏。坐下不久，即到七点二十分，汽笛一声直开呈贡，旅行便这样开始。时红日将升，清气迎人。路旁丛树拂面过，远近村落，朝烟迷漫。两旁山势，颇平淡，连绵起伏，愈走愈高。忽然火车停止前进，却是山坡较大，车头拉力不够，不得不停下，将火车分作两批，分别运到呈贡车站。呈贡车站离城尚有六七里路，附近已有百余家，颇为热闹。我们旅行同志先在车站聚齐，人数共四十余。内多各大学校学生，各机关公司职员等。各色人等在一起，旅行很可多交换些知识。为便于互相招呼，在事先编成数组，每组八人。我编在第五组，同组七人是杨、池、杨、邓、黄、陈、汤等君，萍水相逢有若素识。沿途照料及看护行李等事情，是由青年会干事人员四五位负责。聚齐后，便开始徒步旅行。"走吧！"顺着平坦的公路走（公路约宽六米）。远处是轻描淡写的山峰，近处是离离落落的果树。有时碰到人家三五、鸡犬相闻，这是真真地脱离市井的杂沓，来到另一个环境——空气是纯洁新鲜的，人们是脱尘忘俗的，乡村景色着实令人留恋。但是仅仅翻过了两三个山岭，一座砖城挡住前路，这便是呈贡。

呈贡城不大。据志书上说"天启间甃以砖石，明末流寇拆毁，至今不复修筑，仅余其址而已"。但现在城尚完整，当是清朝又重修过。同组四五人先由东门进来，顺着一些僻路，走到几家住宅前面，看看无非是些土墙瓦舍，布置很是凌乱，一经走近竟觉无路可通。经人指点,进了一个大门——这大门好像私人住宅的大门,令人不敢妄进。大门里面,却是一片公共场院。院子一头,有一道窄窄曲巷,出了巷口,已是呈贡唯一的大街。这种将公共过路做成私人庭院的式样,在昆明一带乡村中常常见到。揆其用意,可以说是为防匪而设的。呈贡大街约有十五六尺宽,石路面,石块长约一二尺不等,凹凸不平。街旁全筑楼房,往来行人亦颇拥挤。凡是杂货、点心、医药、茶铺、饭铺全在这条街上。我们同组八人,找到一个饭铺,一间门面。做菜的地方,照例也是临街,看过去有点脏,幸亏冬天没苍蝇,加上一路走得既乏且饿,也就饥不择食将三毛钱一盘的菜要了十几个。一阵狼吞虎咽,吃个精光,算算账每人约摊七毛多。饭后在街上拍张照片留作纪念。可惜我的照相机是六点五镜头,又未带三架足。若是照相时天阴不出太阳,保你束手无策。很巧照这张相时阴云散开点。想不到此时雨季已过,天还是时常阴阴欲雨。拍照后我们顺着大街向里走不远,转到右边便是县署。大门三间洞开,经过中门便是大堂。两边耳房甚是整齐,现做各科办公用。县署中门甚是壮观,好像横在院内的一道长廊。廊分三间,间各安一道双扇大门,气势很雄伟。我们到大堂上一看,有个小贩模样的听差走来问道:"可是找县长?"县长就住在大堂后面一个院子里。因此想到小说上所说的"老爷升堂问案,夫人在屏后偷听"的一种情形。大概中国县署平面布置古今无大变化吧?县署隔壁是教育馆,它的房舍,布置较县署又好一点。很特殊的在进大门的四合院中间,建了个方方约二十尺的亭子,当然是习礼亭之类,现改做图书室。正殿三间是礼堂。礼堂的窗子做法,很可表示中国艺术的优点。这种人字窗的妙处,就在它的根条做成窄而厚的尺寸,所以在透视上起了很大作用。叫你每一徘徊,便觉棂子的花样在变动,毫不呆板。利用这种透视原理做的窗户,在中国很普通,但是在外国的门窗上很少看得到。只是最摩登的建筑上的柱子,有时做成窄扁形来博取这种透视上的变化。我们穿过礼堂,又往后走,看到迎面来个正房三间,及左右厢房各三间。正房与厢房之间一道白墙砌过去。墙中开了个五尺多高的圆洞门。进门却是夹正房左右各一跨院。小跨院内在砖地上摆些山石盆景,雅洁之至。但限于时间不得多留。出了民众教育馆,绕过后面三台山的山坡上,四处瞭望一番,觉得这座临山筑的砖城,高低起伏,比较方方正正的城池另有风趣。当然对于防御上又较方好。城里人家并不稠密,房子的颜色全是土色,黄褐棕黑配着青天白云,一眼看过去很是舒服。但是看的时间长了,你就觉得城东北角的文庙更可爱,非去看看不可。这是因为文庙的琉璃瓦,深红的墙,浓绿的树的强艳颜色,刺激你一点都感不到疲倦。这文庙的大门紧闭,挽一小娃娃领到一个便门,进去看了一遍。觉其规模尚属完整,像大殿、两庑、棂星门、泮池、照壁、牌楼等应有尽有。庙的右边是文昌宫,左边是明伦堂。可惜因为某机关疏散到此,那明伦堂便变成灶王爷的行宫。文庙大殿雕刻甚多,全是江浙一带的做法。由文庙出来,在街上又碰到一所土基做的民宅,瓦顶式样比最摩登建筑还处理得不平凡。(土基墙即土砖未烧过的墙,与冲土墙并为云南建筑上最主要材料。)当我们回到茶铺已是十一点半钟。只能赶快集合出发赴晋宁。这样匆忙的旅行,连晋遗伽宗城都未得一看,真是有点抱歉。

随大众吧!顺着公路走不到二里是龙街,大约有三四百户。我们一群人由街上穿过时,惹得群狗乱吠,大概它们是看不惯我们的服装。过龙街山路渐多,昆明湖也时常露一露面。沿途池塘也不少,山峦倒影,增加很多风景。只是森林毫无,群山童童,颇觉乏味(环湖一带全是如此)。约行三十里,方才碰到一带树木,很是茂盛葱郁。林里却藏着一个小小村落,里面临街有家茶铺,于是皆大欢喜,吃吃茶,休息休息。我这时脚已磨坏,不良于行。外面有个赶马的,讲好送到晋宁要一元一毛。由这地方到晋宁尚有十五六里,只好骑马。马既瘦小鞍子又坏,只好一步一步地骑着。又遇天阴起风,寒气刺骨,很想下来走路可以和暖些。下午四点多钟到晋宁。进了城门,直至象山小学——这是今晚落宿处。先将小学生的书桌拼在一起,上铺两捆稻草,这便是我的床铺。虽然是不舒服,也许比住店干净点。休息一下就到街上找个茶铺洗脚吃茶。又在街上相看一番,等候同志们到齐好吃饭。晋宁这个城比较呈贡既大,又整齐方正。主要大街是纵横二条石路,路面宽十七八尺。两旁铺面全是楼房。在十字路的交叉处笼罩上一座三层高阁。木架上甃盖黄色琉璃瓦房顶,底面较大街宽,所以往来行人一定要由阁下穿过。据碑记,这阁叫土星阁,又名中央阁,因在城中央。光绪十九年复修,原先因为此城在风水上缺乏土星,所以把阁当做土星,说法似近于迷信。可是在城市设计上,实有此需要。有此一阁便觉市容雄伟简洁有系统,且可藉之登临守望。在城中央建三层高阁的城市,在中国是很多,无论在江浙黔陕辽宁等处全可看到,难道说旁处也缺乏土星? 不过当创造时若说是为城市设计而造此阁,一定要遭人反对。还不如说是在风水上需要如此,那么便易令人了解,叫人知道在城中要建立一个土星。如果缺乏土星,弄得五行不全,将来难免有天大祸事,这与古代帝王大兴土木时,先用托词一样。像隋造长安城,要按照八卦。宋作艮岳,是欲城东北面加高。无论如何说法,反正造好之后,一定很合需要。能适合需要,这便是风水先生的绝大成功,也是风水先生能存在的真正原故。至于人民迷信风水的缘故,是因为一向崇拜一种万能的哲学——易经。又加上些五行的学问,使天下万事归纳到这很简单的规律里面,所以你不能怪风水先生横行一世。有时候建筑师们会触风水先生的霉头,这只能怪建筑师的法力不足了。闲言少说,吃过晚饭回到象山小学,满望好好休息一下,谁知又须参加预定的除夕晚会。在校园中碰到象山小学校长,与他谈了一个多钟才走。不一时,青年会马干事便召集晚会。会场在大殿上,这座殿很大,在地中央燃着大堆的炭火。熊熊的火光,将每个人的面孔照得通红。每人燃一支洋烛围着火坐着,摆成一个正圆形,直径有二十六七尺。若是由上往下看,这会场的布置及色调,无疑的是一幅很强烈的图案。瘦瘦的马干事又说又笑,又唱又跳。大家的精神随着愈加兴奋,时又有徽江中山大学二教授三学生,远道来参加盛会。于是欢笑融洽的情绪,充满了整个大殿。直到夜深十一点多才就寝。一觉醒来,浑身冰凉。起来活动一会,静候二十九年元旦来临。

二十九年元旦　由晋宁赴昆阳

元旦天阴。七点多钟,到街上吃碗牛肉汤,便去游晋宁大名胜——城东五里之盘龙寺。志书载“……元至正间,神僧莲峰建明初僧祖源修,山秀泉幽松木葱郁……”神僧所以为神,是因为盘龙山上“有龙湫莲峰禅师咒龙,定徒于东岸”,因建庵其上。后屡加兴造。除盘龙寺外尚有接引殿、伽蓝殿、祖师殿、玉皇阁、雷神殿、茶花殿、万松寺……盘踞山上，所以形成环湖数县中罕有的名胜。这次在赴盘龙寺途中，碰到一个盘龙寺和尚名叫能智，当挽为向导。城东南两面，远山突兀，群峰陡削。时天阴雾大，明晦不定，愈显得山势突兀。又走二里，见盘龙寺隐约山间。再进全是山路。有很多坟墓，罗布两旁山坡上。坟，全是土馒头式。坟头上有的做石碑坊，有的做石碑。坟前十余步常竖石柱二。坟墓多极，不禁念了几遍"冢累累"句。盘龙山泉水很旺，山脚下有一水碾碾米。过碾房约百米即盘龙寺第一道山门。是一门左右用二个砖墩架一瓦顶的建筑物。进门后七八十米远近，有一石洞桥叫接龙桥。桥身的做法与沧州明代大石桥一样地古怪。由桥过去，又经两道山门，就到寺门口。盘龙寺规模很大，但是建筑物及塑像均无可取。只有一个古迹，也许是晋宁唯一的古迹，这就是盘龙寺后祖师殿内，正中间立的一座砖塔。塔是元至正壬子年建的。内供大觉禅师（即神僧莲峰）的真身。惟至正间无壬子年代，或恐刻误。但至正间的作品距现在，五百七八十年的东西，不得不谓可宝。并且这座砖塔制作非常精细，雕镂神妙。这种四门塔式的元代墓塔，在中国建筑史上已经占了相当地位。可惜在游记的文章里不能仔细讨论。祖师殿本身的结构也很老，大概是明朝的东西。过祖师殿便是玉皇阁，规模很小。过此是雷神殿，虽是年代较晚的建筑，但是平面立面均可取。大殿三间前有轩，旁有挟屋及两庑。大殿轩前左右两阶。背山面谷，形式天成。再右药师殿，院里有茶花二棵，因之又叫茶花殿。茶花有朵将放，并不太好。殿外右侧有石和尚塔五六座。大概是明末清初的东西。因为时间太短促，未得仔细看看年代,就折回到最后一处名胜万松寺,实指望这个寺是一座元明的庙宇。一看之后,原来是民国初年重修的怪物。工料俱极苟简,不堪寓目。赶快出来,付龙智香资国币一元,急急回城准备出发昆阳。

昆阳去晋宁有五十华里,有几位同志要骑马,我因脚痛,也想找一匹马骑。但是巧逢街子日,价钱太贵,要国币四元五毛,想一想还是走路。这时我已是最后一个离开晋宁。一路载欣载奔地追上前去。穿阡度陌,爬山越岭。好容易追上前队,肚肠子忽然剧痛,只好坐在田埂的石头上休息。越想越气,刚刚三十岁的人,走个百多里路程,脚just顶不住,稍走急一点,肚子又疼,如此过下去岂不糟糕。休息片刻之后,很多的游伴,已经快走过那座远山的山脚,只剩我一人落后。看看天是阴云惨黯,山是四面围合,虽山势平易,但村落毫无,只有几辆牛车在山脚下吱吱呷呷地走着。好个死寂沉静的地方,不可多留,勉强举步。祷告肚子不要再与我为难。起先慢点走,渐渐加快。居然在半点钟后,在一个山岭上追着同组的池、杨、邓、黄四君。他们正在岭上向滇池眺望呢!我也居高临下欣赏一会滇池的风光。真个是"五百里滇池奔来眼底"。据志载,"滇池亦曰昆池,唐昆州因水为名,斜长一百二十余里,东西广三百四十里不等,历昆明呈贡晋宁昆阳境,西北为草海,东南为水海,其形上广下狭,有似倒流,故曰滇池,或曰从螳螂江西出北流,入金沙江,实倒流也"。滇池里没有岛屿,一片汪洋,乾坤一色,气势颇单纯。按地图此后愈走愈近滇池,并且昆阳城外即可乘船。那末傍湖漫游,定多奇趣,还是向前走吧!经过几个池塘山岭,转进一个羊肠小路。这个小路是利用一道曲曲折折的山壑。顺着壑底蜿转而行,只能仰看浮云。路又一转,忽然眼界大开,好像是杭州的西湖摆在眼前,但是气魄较西湖大。湖边有些村舍树木。有些房子造在湖中沙滩上。小船三五,来来往往。又觉得滇池变得柔媚动人了。这时有个砍柴的走过,问他昆阳的方位,承告转过这村就是,不过二里多路。于是我等相偕下山走进村子去。村子也相当大,并且大路有一段在滇池边上,景致很好。在这村子走了十几分钟才走出来。极目西望,在很远的一个山头上,隐隐约约的像有个城楼,大约有四里路,时已下午三点多钟,无暇休息,真是欲罢不能。"行百里者半九十"实是经验之谈。我们顺着田中小路慢慢走。同杨君谈些医道(杨君是学医的),才知道云南白痴这样多,是因为他父母患大脖子的缘故,身上缺乏碘质可以影响到下代子孙,可怕之至。闲谈之间,愈走愈近。昆阳城即在眼前。城是跨山临水用砖筑的。城外即滇池。水中养鸭甚多,无虑数千,呷呷乱叫,常将头颈插进水去找食吃,吃得又肥又胖,令人馋涎欲滴。我们徐步入城,城很大,城里人烟稠密。大街顺山势修筑,横贯南北。主要房舍多东向。大街上的市房贴宣传标语比呈贡晋宁多。我们先到山上简易师范休息。我躺在小学生书桌上将腿一伸,真是舒服得比睡在弹簧软床上还好。少息后,又听马干事说,今晚市立晋华女初中庆祝元旦并演话剧,欢迎我们参观,六点开演。听到这个消息,非常高兴,因为一路领略的全是自然情趣,今晚又得欣赏人为的艺术,这个元旦日可算没白白过去。五时下山晚餐,预备早点吃完好看戏去。出校门往下一看,夕阳将落,云烟缥缈,滇池浩荡,远吞山光,近搏城隰。磅礴的气概,在脑子上印上一张难忘的景象。这城池的方位选择得实在不错。下山到一家饭铺,其脏与他处同,胡乱吃了一阵。大名鼎

鼎的昆阳鸭子也放过去未尝。饭后便走到女初中看戏,校舍
也借用一所庙宇。我们进到内院坐在天井中。戏台便在大殿
前面。一时观众约有四百人,黑压压坐了一院,全是很出神地
看女生们舞蹈、歌咏、独幕剧、双簧等等。女孩子演来技艺纯
熟,很是可怪。又因为剧情全是时代的故事,所以场中充满一
种兴奋,前进的情绪。休息时听人讲今天有警报,行李因之耽
搁尚未到,时已十点多,故颇担心损失。嗣以露天很冷,遂同
杨君到东门义兴栈过夜。店尚干净可住,每人八毛一天有铺
盖,店里有个二十多岁的伙计,跑到楼上给我们拿新铺盖,但
是去了老半天还不下来,老板等得着急,这才由厨房里把他拉
出,原来是他借便到厨房偷嘴吃。老板大怒,在他圆圆的脑袋
上来个左右开弓,打得他哭哭啼啼地将铺盖拿来。我赶快将
床铺好,吃口茶就睡觉。匆匆一宿,天已大亮。

一月二日　由昆阳经海口至石龙坝

　　今天行程是由昆阳乘渡船经海口至新街,再由新街行十
五里到石龙坝参观水电厂。同行中有几位有爬山癖,仍拟顺
山路走到石龙坝,我是因为步行已久,还是来个滇池荡舟,可
以换换口味。登舟同志分乘二船,每船约二十人,每人摊五毛
钱船钱。上船后,一篙荡漾开向湖心。很巧是今天竟万里无
云,风平浪静。城墙村舍树木等等在湖中倒影非常清楚。觉
得水木清华,俗虑尽消。滇池是真大,汪洋碧水,接连无际。
只有远山的轮廓,在晨雾中若隐若现地点缀着。在这种极浩
大极单纯的环境里,只要红日升东,有时稍微起一点风吹在水
面,一阵涟漪,便现出金光万点,瑞气千端,非常快目。这二只
小船很平稳地向海口进发。静极思动:同舟人有的看小说,有

的闲谈,有的唱些南腔北调。我也闲摄风景二三张,并将舟之大小结构,作一草图,以志不忘。

午到海口。海口是湖水入螳螂江处。土人叫滇池作"海子"。船经海口入螳螂江。水窄且急,据明巡抚应城陈金的海口记,知原来海口地势颇高,滇水不易宣泄。后经开凿疏浚,始成今状。滇水既泄,得良田前后百万有奇。所以在宏治以前的滇池较现在的恐怕大得很多。船到新街正逢街子,岸上万头蠕动,拥挤不堪。我等上岸后也参加人群中乱挤,几乎挤得喘不过气来。勉强找到一家饭铺,吃!吃了一元三。饭后买几个黄果吃。遂到一小学校集合,休息一下,已是下午两点多钟。

聚齐之后,便向石龙坝进发。这时脚仍痛。在街上买双草鞋拴在胶底鞋上。试一试好像走在地毯上,意外地舒服。沿公路及螳螂江走下去,山路很多。江水愈急。水底时有巨石,水势颇澎湃惊人,可惜山势平平,奇峰太少,觉得不太够刺激。行经大小二水闸。路更一折,便见一堆参差不齐的房屋,这便是石龙坝耀龙电力公司水电厂。到厂有五点多钟。公司方面颇招待。先在办公处吃茶。办公处是五开间四檐平的四合院,前后两层。全部木活雕花,很壮丽。少息后,由郭主任向大家谈谈公司情形。据谓电厂是民初建的,现有三千五百匹马力,水位高十五米。为国内现有第一大之水电厂。短期间尚拟扩充至七千匹马力。战前工厂用电占全数百分之十一二。战后骤增至百分之六七十,可见后方在建设着。后又介绍一人领导参观全部电厂。该发电所计上下两处。厂房高约六米(因内置起重机),发电机约四五架。我对于这些机器不感若何有趣。只是听着水的冲击声,电机转动声,颇有生力。

参观后约七八点钟。公司方面临时备些菜饭，盛意可感。晚宿办公院正房楼板上。裹毛毡入睡。终夜河水隆隆作响，如北方之暴雨声。辗转难寐，颇动乡思。时有人吹口琴作松花江调者，声调悲沉，益令人感人世沧桑，风云诡变。虽然世界人类的文化似乎很高，但是现在是怎样的一个世界？

一月三日　由石龙坝经安宁至温泉

　　河水惊涛的声音，仍旧在震动耳鼓。爬起向窗外一看，湖天昏黑。表却指到六点半了。拿起毛巾肥皂等下楼去盥洗。到院中一看，大雾迷漫，几乎"伸手不见掌，对面不见人"。洗漱毕，觉体力大佳，遂同几位同志先走。外面雾很大，不易辨别方向，山路也很崎岖难走。怒吼的涛声，就在脚下云雾里透上来，令人时刻担心。最感困难的就是不认识路。这次我居然走在前头。遇着歧路若是无人可问时只好拿常识来判断去取。走了七八里的时候，因为我穿的厚呢大衣太重，累得足力不继，还是放弃领先吧！不过我们同行五六人还是第一批到安宁，未到安宁时雾又大作，视线只能达八十米左右。在晨雾中旅行，好像走在一幅水晕墨染的山水画中。一切景物迷离恍惚，只见它外缘的线条。模糊之极变得满目干净，一点杂乱的东西，都跑不进眼帘。雾景是真好。可惜我未带三足架，不能照相。到安宁时，太阳渐显。一切景色渐渐清楚。安宁自经大水以后，房倒屋塌，满目凄凉。时九点钟，在牛肉铺吃点牛肉牛汤。顺便往大街上走走，看看城隍庙及文庙。城隍庙规模完备，正殿有东西挟屋。大门做法很可取。文庙的石牌坊也很好。安宁尚是土城。恐怕还是"万历丙子筑今城，周九百一十九丈高二丈二尺，向东北"的那座城。我们出北门赴温泉。过螳螂江,翻一山,不远便到。温泉形势是两山夹一江。面江的山坡上,全是很凌乱的洋式或新式房子。温泉泉水是在江东岸。此处名胜除温泉外,又有石洞多处。最好的洞是石钟乳洞。温泉对面又有曹溪寺古庙,很值得一玩。我们约上午十一点到达。看见温泉马路上漂亮汽车很多,一打听是昆明又有警报。活该汽油遭殃。我们先到街上吃饭,饭菜俱贵。本地人吃菜只六毛一盘,外来人却要八毛一盘。饭后有很多人到华清旅馆洗澡。三毛钱一位。如住旅馆便不出澡费。不过华清旅馆的房间又脏又小又贵。特等房三人,按人算钱,每人每天一元五毛。后来到温泉旅馆订一间大房间二元五毛,很干净。住的问题解决以后,便过江往曹溪寺一游。螳螂江水很急。过江的渡船摆渡的方法,与石龙坝渡船的一样,是对付狭水急流的好方法。这方法是先在两岸立桩,桩上系一横江铁缆,粗约3/8吋,船头上又钉一铁缆,将船上这根铁缆套在横江的铁缆上,便手缘横江的铁缆,把船一步一步地拉到对岸。所以无论水力如何大,渡船绝难生意外事。过江后,直上山坡,不二里即到曹溪寺。曹溪寺的大殿是重檐三间,斗拱甚大。若细论年代,可以说额枋有的是宋的,斗拱及柱大部分是元明的,梁桁椽瓦当然有很多是清及民初的。总结一句,这大殿不愧是云南一大古迹,很值得仔细观赏。三点半下山,回到温泉旅馆休息一会,随到某小学校,与诸同游聚集,预备看石钟乳洞。马干事特意借来一盏汽油灯备探洞用。这石钟乳洞在温泉南约二里。我们一行三十多人,先到一小洞,看完即转到隔壁的石钟乳洞。洞很大,高敞处可容百人。再行忽低,又须匍匐前进。里面曲折很多。石钟乳并不大,但是一不小心,就会碰头。地下到处有水,水中石块粼粼。三十多人只用一盏汽油灯,在曲折的洞里当然顾前失后,弄得两脚烂泥,是在所难免。好在人多胆力壮,高高低低走了百米左右,才到了尽头。稍觉空气不够用,还是赶快退回来,回到洞口换换气。同杨君慢慢走回温泉旅馆。这一天的游程算是完毕。晚饭后,到浴室试试温泉滋味。温泉旅馆洗澡的地方,是两间约十六尺方的屋子。窗户上部全坏。风很大,水也冷。泉水又很热,有点烫。算了吧!马马虎虎洗一下就出来。反正碳酸泉,没甚好处。晚九时入睡。

一月四日　由温泉回昆明

初四是环湖旅行最末一天。天气很好。有很多人天亮就走向碧鸡关①,预备多玩一地方,再乘船回昆明。我们有十几人预备坐汽车回昆明。汽车票只三元钱。到昆明可以早一点。汽车是下午二点由温泉开出。上午无事,杨君提议过江看珍珠泉。虽然珍珠泉是不值一看,我想也可走一走,于是过江。行经曹溪寺右,见一窣堵玻式砖塔一,也许就是志书上所载的清禅塔。又有谓此为普同塔者,待考。塔形制很老,砖甚薄,其尺寸是 3.5×24×38 公分,或 3.5×20×34 公分。塔肚子高约 145 公分。过此塔二里,在一山凹里有一个方池,即珍珠泉,水清木茂。池中气泡像连珠式地冒上来,泉水很旺,环

---

① 碧鸡关:清张泓《滇南新记》载,"关在云南府城西三十里,为迤西咽喉要区,一峰秀拔接太华诸山。山不甚高,而晋宁、呈贡、昆阳、昆池等处,了了在目。余从剑阳来省,必停舆久坐,浏览其胜,有云海荡心胸之概,真滇南第一区也。核关名所自通志引浅宣遣王褒入蜀,祷金马碧鸡事,然广舆记载四川崇宁县有金马碧鸡神祠,与汉史符,则神之在蜀无疑,而志滇者引之,亦文人假事以炫异耳。但滇本益州地,其神之出处亦荒怪,即谓为实栖此关也,盖无不可。"

境也很好。如有亭榭等物陪衬，则此泉不难成名胜。午返旅馆，饭后即上汽车，至两点车子直开昆明。车中尚宽敞。不半时即抵碧鸡关——此即张泓赞不绝口处。我们坐在车子里，是无法看碧鸡关的好处，但是车子一过碧鸡关，整个的滇池及昆明市，又摆在眼前。风景非常明媚。可巧今天又有警报，因之车子慢开，这是多点机会，多看看昆明湖的壮观。看着我们已经走过的很远的远山，回想着昆阳荡舟的丽水，我们新年中环湖旅行是成功了。所领略的阴晴风雾的奇景，瞻仰些庙宇城村的事迹，凡是仰观俯察，高瞻远瞩能令人心畅神怡的地方，真是笔难尽书。徒步旅行，对于我个人身体方面的益处，也是非常大。这种有益心身的团体运动，在社会上能碰到几回？

绿水三千

◎艾雯

　　那一泓盈盈的绿水,那一抹葱茏的翠堤,堤外又是绿水盈盈,水尽又是峰峦叠翠。一叶扁舟悠悠忽忽地空横在水面,一片蓝天,晴朗明净地伸展在山巅。天光水影里,山岚翠微中,那无尽的绿,那幽邃的美,不由得使人性灵沉醉,溶入诗情画意中——这一幅彩色所摄的图画,就悬在我案前的壁上,与我朝夕相对。这也是一幅绰约生动的图画,当我闭上双眼,它鲜明的印象兀自显现在我心底,我记得那醉人的绿水,那重叠的峰峦,它便是令人魂萦梦牵的日月潭。

　　当我第一次见到日月潭,我便被那一泓湛绿的潭水和潭上出尘忘俗的幽静,深深地迷醉了。

　　潭是平静而深幽的,但却姿态万千,水的颜色更是一日数变。我第一次看见它,正是微雨过后,只见四周重叠参差的峰峦,苍郁茂密的山林,经过一番润泽,更显得青葱欲滴,那一片浓绿深翠便簇拥拱环着一碧高万顷的潭水。波光潋滟,绿影幽邃,三两艘小船悠然荡漾在水影波光里,像几片轻盈的竹叶,白鹭成双,在水面翩翔盘旋。我倚栏凝立,默然相对,就在这一刻的默契中,潭上的那一份纤尘不染的洁净,那一份美妙蕴聚的和谐,那一份宁静的幽邃,不期然渗入我性灵,融入我心胸,使我浑然忘却俗世,不留半点人间渣滓。只觉得自己像一片白鹭的羽毛，像一朵出岫的白云，想飞，想在山巅飘游，想在水面回旋。

第二次看到潭时，却是有雾的清晨，只见烟云缥缈，树霭溟蒙，晨雾笼罩着潭水，仿佛披了一层縠纱，景物尽在绰约不露中。雾中传来婉转的鸟声，却不知在何处啼唱。如果说白天的潭是一幅写意的画，那雾里的潭该是一个空蒙的梦，一个扑朔迷离、不可捉摸的梦。才从一个梦中醒来又落入一个梦中，连凭栏人也不知身在何处。看不清真面目，潭更显得神秘空灵，阵阵凉沁的晨风从潭上吹来，雾开始迟缓地移动着，就似迷蒙的山峰间果真有"神女"伸出了纤纤的玉手，一缕缕地挽起万千层轻绢。初升的太阳在雾雾里突围着，射出一支支金箭，穿破了逐渐轻薄的雾层——突然间一个黄澄澄、光灿灿的太阳脱颖而出，瞬时间云消雾散，只见远山凝黛，丛树萦翠，一片金光照得潭水闪闪发亮，绿得似万顷皎洁明净不沾半点尘瑕的绿玻璃，竟然是一个透澈晶莹的世界！

放一艘汽艇，便把人全带进了晶莹透澈的世界。汽艇轻捷地滑行在平静如镜的潭上，一时间玉碎翠裂，船尾在碧绿的水面剪出两条雪白的白浪，一路展漾开去，阳光辉耀下，恰似一长串乍明乍灭的昙花环，船一停，一起都又幻灭了，不留半点痕迹。恢复了平静的潭水依旧像光滑的绿玻璃，蓝天、白云、青峰、翠峦，便悄然安嵌在绿玻璃中，镶框的是无限的绿色崖岸，参差重叠，曲折绵亘。枝柯掩映中，有露出一角飞檐峻宇，红砖绿瓦，那是玄光寺，有古木参天，石级连云，那是文武庙。舍船攀登，在那峻岭崖顶上纵目远眺，只见万壑争流，千岩竞秀，日月潭在脚下浩浩淼淼一片云水苍茫。迎风凝立，听钟声撼动在风里，不由得使人悠然意远，满心是超然出尘的感觉,竟然想起古人的羽化而仙……

　　小小的光华岛浮漾在水中央,小得纤巧玲珑,仿佛风能把它吹走,浪能把它撼动。但它屹立在碧潭深处,像潭上的镇守使,苍松列队拱卫,矮栏低低护环,四周微波萦回,万籁俱寂中,只松啸低低,水吟悄悄,凝止中有着盎然的生意,静寂中有着不可言传的和谐。"……溯回从之,宛在水中央。"仅仅是"水中央"这三个字,便唤起了多少奇妙的遐思,多少飘忽的情趣!

　　潭水是幽邃的,青山是静默的,便在这幽邃静默中,另有一处人间桃源,那是化番社。这是个水乡,也是个山村,青山在枕,碧水曲抱,疏朗的茅屋点缀在绿油油的稻田中,一片歌声杵音,远远地便随风飘荡在潭上。小舟傍岸,年轻的山地姑娘笑面相迎,一个个头上珠饰摇缀,裙下赤腿光脚,别有一番朴质妩媚的风姿。一曲娱客,杵声起处,有如众星拱月,载歌载舞,宛似蛱蝶穿花,一时石声叮叮咚咚,歌声咿咿呀呀,余音袅袅,伴着游客的归舟,犹自回绕在水上。她们唱的古谣有一首是:

>　　好极了,好极了
>
>　　在前人未到的湖里
>
>　　乘着独木舟
>
>　　开怀喝酒
>
>　　称心满意
>
>　　大波小波任去流
>
>　　来,来,来
>
>　　我们且喝酒

　　也许没有人会带着酒去湖上泛舟,但是泛舟的人却很少不被那绮丽的湖光山色所迷恋、沉醉。

　　潭上有不少经过品题的名胜,也有不少未经人发掘的幽境,领略潭上无比的风光,乘御风破浪的汽艇去访胜,却不如驾一叶轻舟去探幽。小舟在平静的水上真像一片树叶,那样地轻盈,又那样地迅捷。人坐在小舟里,跟潭水也就更接近了。在近处看来,潭水是那样平滑、柔软,微微起伏着,就似蓝色的绸缎,甚至可以想象得到手指摸上去光滑柔腻的感觉,而向远处展去,却又是微波万叠,闪烁在阳光下,璀璨夺目。当停桨不划时,柔波轻叩着两舷,小舟便悠闲自在地慢慢荡漾。船上的人仰望白云悠悠飘过晴空,俯瞰绿意伸入水中,潭上无限的梦意春光,尽融入性灵中,那时的思想,有如湛碧的潭水,一澄到底的清澈,而那时的心性,有如止水停云,唯愿似这般顺流逐波,永不停留!

　　但是,任何世间的清流,不会像时间之流永无涯岸。不羁的小舟靠近了一处绿色的涯岸。

　　绿草芊绵的岸边是一座浮在水上的活动码头,一只小舟便悠然系在一旁。斜坡上绽开着洁白的水姜花,幽香迎风。花影里一道白石阶梯,引伸向坡上一圈低矮的红栏杆,里面圈围着一幢黯绿色的木屋,门窗深闭,窗帘低垂,只屋前屋后数株开着小黄花的树,不时悄悄地落下几瓣花瓣。一只白羊安详地在坪上吃草——

　　似这般清静幽美的所在,仿佛似曾相识,不知是在梦中见过,抑是心灵所皈依,不敢昧然探访,又不忍遽然离去,只是轻拨着水,由着小舟低徊。这景这情,却教人想起一首与这情景相似的小词:

　　　　水软橹声柔,草绿芳洲。碧桃几树隐红楼。者是春山魂一片,招入孤舟。乡梦不曾休,惹什闲愁……

真是"乡梦不曾休,惹什闲愁?"连忙拨桨掉舟,小舟却已比来时沉重,不知是载着乡愁,抑是闲愁?

倦游返棹,已是夕阳西坠,暮霭悄然为群山笼上轻纱,幽邃的潭水更是欲睡如醉。小舟拨着漫漫漪涟,向落日仅留的余晖划去,一瞬间,恍惚天光水影,轻舟和人,全融入绚丽的彩霞中。

日月潭是一幅幽深美丽的画,我曾进入这画中;日月潭是一个美妙神奇的梦,我曾做过这个梦。眼前依稀还闪现着那绿波轻漾,水光潋滟,那朝岚夕晖,姿态万千。未认识日月潭之前,曾使我心向神往;认识日月潭之后,更使我魂萦梦牵。

春山顶上探灵湖

◎苏雪林

在巴黎时,君璧和我便将露德三天旅程的节目,一一安排妥当了。朝圣的正务之外,我们还该在那雄峻秀丽的庇伦斯丛山里,作点探奇览胜之举,才算不负此行。她说露德之北有名胜曰歌泰瀑布最为有名。峰顶有一湖,名曰戈贝,景尤灵异。三十年前,她与其师汪氏夫妇及其丈夫仲明先生曾赴该镇小住半月,幽趣至今难忘。明年决定率领三个儿子,再去那里消夏。因我此次东返故国,再来无期,所以愿意今日陪我去玩一趟。君璧待朋友的慷慨,是最可称颂的。若在他人,对于一个前已住过,将来还想再去的地方,谁愿意伴我此时去游呢。

六月二日上午,到公共汽车站搭游览车启行。座位昨已预定,票价并不甚贵。因天气晴美,游客颇多,一共有十四五辆客车,鱼贯行于蜿蜒曲折的山道上,好像是火车的长列。一路万峰插天,峦光照眼,松杉夹道,绿荫如沐。庇伦尼斯丛山之北属法境,其南则属西班牙境,这座横断山脉,做了两国的天然分界。西班牙人常自负此山乃他们的国防要塞,不啻千仞金城,敌人虽有雄师百万,轻易也不能攻入。我以为此山很像我们对日抗战时东有三峡之险,西有剑阁之雄的四川。二十世纪科学时代,新武器虽横厉无前,地理的限制仍未能完全打破,无怪二次大战时,各国难民都想逃入西班牙,寻求安全

湖

的保障,也无怪美国现在积极援助佛郎哥,希望将来大战发生时,西班牙能成为欧洲最后防线了。

车行三小时左右,一路见了无数瀑布,到达歌泰镇,一座饭店,正筑在大瀑布之上。时已近午,游客纷纷下车,入店果腹。客车则停在一个空场里相待。那些车子似在告诉我们:我们的效劳至此为止,以后访问山灵,结识湖仙,只有请尊客们拜劳自己的玉趾吧。

那戈贝湖远在十余里外的山顶,要翻过好几个山头,任何交通工具都无法上去。山脚下有以马出赁者,来回一次,索价一千五百佛郎,我想赁以代步。但当时仅有一马,二人不能并跨,且山路险巇,我和君璧虽各有点骑马经验,荒疏已久,若有蹉跌,事非儿戏。只有借重自己的四肢,手足并用地,一步一步爬上去。山路虽不甚陡峭,病后体虚的我,感觉吃力异常。一路坐下休息,遇峰头则曲折上升,历幽谷则盘旋下降,足足走了两个钟头,遇见几次阵雨,才达于戈贝湖边。

那片湖虽不大,也有数华里的周围。因其位于万山深处,高峰顶上,人迹不易到,所以湖的四周,长林丰草,麋鹿出没;又汊港歧出,芦荻丛生,凫雁为家,那苍莽中的妩媚,雄浑中的明秀,疏野中的温柔,倒像一个长生蛮荒的美丽少女,不施脂粉,别有风流;又似幽谷佳人,翠袖单寒,独倚修竹,情调虽太冷清,却更增其翛然出尘之致。但我们所爱于它的,则是它所泛的那种灵幻之光。湖水澄澈,清可见底,本来碧玉翡翠,映着蔚蓝的天色,又变成太平洋最深处的海光。再抹上几笔夕阳,则嫩绿、明蓝、浅黄、深绛,晕开了无数色彩。不过究竟以"蓝"为主色。那可爱的蓝呀,那样明艳,又那样深湛,那样流动,又那样沉静,像其中蕴藏着宇宙最深奥、最神秘

158

的谜,叫你只有坐对忘言,莫想试求解答。

　　湖边有一小屋,乃猎人所遗,据说秋冬之际,常有人来此猎雁。记得徐霞客游记,他曾攀登雁荡绝顶,见一大湖,南来野凫,来此停泊,千百为群。可见山巅之湖泽,乃空中旅客最欢喜的停留站。不过像戈贝湖这么小,即有雁来歇翅,想为数也不太多吧。

　　山中气候,本易变化。我们上山时,本已数次遇雨,当我们居坐湖边,欣赏湖景之际,忽然见遥峰起云数缕,俄即布满天空,大雨倾盆而降,只有奔赴那猎人的小屋,托庇于其檐下。檐溜淙淙,势若奔泉,衣服多少受些沾湿。只愁雨势不止,今晚难归,谁知山上气候之善变,有似哭笑无常的小儿,半小时后,又复云开日出,乃遵原路下山。下山自比上山快,不过一小时,便回到歌泰镇了。

　　我们在原来的饭店前休息,吃了带来的点心。雨后瀑布,气势忽增三倍的雄壮。但见那翻银滚雪的浪头,一阵紧似一阵,汹汹然奔腾而来,冲激岩石,喷沫四溅,声如殷雷动地。天台雁荡,我未曾到过,君璧说瀑布的壮观,亦未能过此。大自然的喜怒哀乐,随时地而异。高山是它的雍穆矜严,大海是它的旷邈深远,和风丽日,是它的欢欣,云暗天低,是它的愁闷,疾风卷地,迅雷破屋,则是它的愤怒。飞瀑奔涛,是它的什么呢?我以为应该说是它才思奔放,沛然莫御,所谓"词源倒泻三峡水,笔阵横扫千人军",杜少陵这两句好诗,想必是瀑布给他的启示。君璧摄影数张,答应洗出后寄我。

　　客车司机来唤,大家又复登车,下午四时半回到露德。我们虽甚疲劳,精神却极愉快,在公寓晚餐后,又赴圣母大堂,去看今晚的提灯盛会。

春山顶上探灵湖

湖

游了三个湖

◎叶圣陶

这回到南方去,游了三个湖。在南京,游玄武湖;到了无锡,当然要望望太湖;到了杭州,不用说,四天的盘桓离不了西湖。我跟这三个湖都不是初相识,跟西湖尤其熟,可是这回只是浮光掠影地看看,写不成名副其实的游记,只能随便谈一点儿。

首先要说的,玄武湖跟西湖都疏浚了。西湖的疏浚工程,做的五年的计划,今年四月初开的头,听说要争取三年完成,每天挖泥船轧轧轧地响着,连在链条上的兜儿一兜兜地把长远沉在湖底里的黑泥挖起来。玄武湖要疏浚,为的是恢复湖面的面积,湖面原先让淤泥跟湖草占去太多了。湖面宽了,游人划船才觉得舒畅,望出去心里也开朗;又可以增多渔产。湖水宽广,鱼自然长得多了。西湖要疏浚,主要为的是调节杭州城的气候。杭州城到夏天,热得相当厉害,西湖的水深了,多蓄一点儿热,岸上就可以少热一点儿。这些个都是顾到居民的利益。顾到居民的利益,在从前,哪儿有这回事?只有现在的政权,人民自己的政权,才当做头等重要的事儿,在不妨碍国家社会主义工业化的前提之下,非尽可能来办不可。听说,玄武湖平均挖深半公尺以上,西湖准备平均挖深一公尺。

其次要说的,三个湖上都建立了疗养院——工人疗养院或者还有机关干部疗养院。玄武湖的翠洲有一所工人疗养院；太湖、西湖边上到底有几所疗养院，我也说不清。我只访问了太湖边中犊山的工人疗养院。在从前，卖力气淌汗水的工人哪有疗养的份儿？害了病还不是咬紧牙关带病做活，直到真个挣扎不了，跟工作、生命一齐分手！至于休养，那更是做梦也想不到的事儿，休养等于放下手里的活闲着，放下手里的活闲着，不是连吃不饱的一口饭也没有着落了吗？只有现在这时代，人民当了家，知道珍爱创造种种财富的伙伴，才要他们疗养，而且在风景挺好、气候挺适宜的所在给他们建立疗养院。以前人有句诗道，"天下名山僧占多"。咱们可以套用这一句的意思说，目前虽然还没做到，往后一定做到，凡是风景挺好、气候挺适宜的所在，疗养院全得占。僧占名山该不该，固然是个问题，疗养院占好所在，那可绝对地该。

又其次要说的，在这三个湖边上走走，到处都显着整洁。花草栽得齐整，树木经过修剪，大道小道全扫得干干净净，在最容易忽略的犄角里或者屋背后也没有一点儿垃圾。这不只是三个湖边这样，可以说哪儿都一样。北京的中山公园、北海公园不是这样吗？撇开园林、风景区不说，咱们所到的地方虽然不一定栽花草，种树木，不是也都干干净净，叫你剥个橘子吃也不好意思把橘皮随便往地上扔吗？就一方面看，整洁是普遍现象，不足为奇。就另一方面看，可就大大值得注意。做到那样整洁决不是少数几个人的事儿。固然，管事的人如栽花的、修树的、扫地的，他们的勤劳不能缺少，整洁是他们的功绩。可是，保持他们的功绩，不让他们的功绩一会儿改了样，那就大家有份，凡是在那里、到那里的人都有份。你栽得齐整，我随便乱踩，不就改了样了吗？你扫得干净，我嗑瓜子乱吐瓜子皮，不就改了样了吗？必须大家不那么乱来，才能保持经常的整洁。解放以来属于移风易俗的事项很不少，我想，这该是其中的一项。回想过去时代，凡是游览地方、公共场所，往往一片凌乱，一团肮脏，那种情形永远过去了，咱们从"爱护公共财物"的公德出发，已经养成了到哪儿都保持整洁的习惯。

现在谈谈这回游览的印象。

出玄武门，走了一段堤岸，在岸左边上小划子。那是上午九点光景，一带城墙受着晴光，在湖面跟蓝天之间做个界限。我忽然想起四十多年前头一次游西湖，那时候杭州靠西湖的城墙还没拆，在西湖里朝东看，正像在玄武湖里朝西看一样，一带城墙分开湖跟天。当初筑城墙当然为的防御，可是就靠城的湖来说，城墙好比园林里的回廊，起掩蔽的作用。回廊那一边的种种好景致，亭台楼馆，花坞假山，游人全看过了，从回廊的月洞门走出来，瞧见前面别有一番境界，禁不住喊一声"妙"，游兴益发旺盛起来。再就回廊这一边说，把这一边、那一边的景致合在一块儿看也许太繁复了，有一道回廊隔着，让一部分景致留在想象之中，才显着繁简适当，可以从容应接。这是园林里修回廊的妙用。湖边的城墙几乎跟回廊完全相仿。所以西湖边的城墙要是不拆，游人无论从湖上看东岸或是从城里出来看湖上，就会感觉另外一种味道，跟现在感觉的大不相同。我也不是说西湖边的城墙拆坏了。湖滨一并排是第一至第六公园，公园东面隔马路，一带相当齐整的市房，这看起来虽然繁复一些儿，可是照构图的道理说，还成个整体，不致流于琐碎，因而并不伤美。再说，成个整体也就起回廊的作用。然而玄武湖边的城墙，要是有人主张把它拆了，我就不赞成。不知道为什么,我总觉得那城墙的线条,那城墙的色泽,跟玄武湖的湖光、紫金山覆舟山的山色配合在一起,非常调和,看来挺舒服,换个样儿就不够味儿了。

这回望太湖,在无锡鼋头渚,又在鼋头渚附近的湖面上打了个转,坐的小汽轮。鼋头渚在太湖的北边,是突出湖面的一些岩石,布置着曲径磴道,回廊荷池,丛林花圃,亭榭楼馆,还有两座小小的僧院。整个鼋头渚就是个园林,可是比一般园林自然得多,又何况有浩淼无际的太湖做它的前景呢。在沿湖的石上坐下,听湖波拍岸,单调可是有韵律,仿佛觉得这就是所谓静趣。南望马迹山,只像山水画上用不太淡的墨水涂上的一抹。我小时候,苏州城里卖芋头的往往喊"马迹山芋艿"。抗日战争时期,马迹山是游击队的根据地。向来说太湖七十二峰,据说实际不止此数。多数山峰比马迹山更淡,像是画家蘸着淡墨水在纸面上带这么一笔而已。至于我从前到过的满山果园的东山,石势雄奇的西山,都在湖的南半部,全不见一丝影儿。太湖上渔民很多,可是湖面太宽阔了,渔船并不多见,只见鼋头渚的左前方停着五六只。风轻轻地吹动桅杆上的绳索,此外别无动静。大概这不是适宜打鱼的时候。太阳渐渐升高,照得湖面一片银亮。碧蓝的天空中飘着几朵若有若无的薄云。要是天气不好,风急浪涌,该就会是一幅完全不同的景色。从前人描写洞庭湖、鄱阳湖,往往就不同的气候、时令着笔,反映出外界现象跟主观情绪的关系。画家也一样,风雨晦明,云霞出没,都要研究那光跟影的变化,凭画笔描绘下来,从这里头就表达出自己的情感。在太湖边作较长时期的流连,即使不写什么文章,不画什么画,精神上一定会得到若干无形的补益。可惜我来也匆匆,去也匆匆,只能有两三个钟头的勾留。

刚看过太湖，再来看西湖，就有这么个感觉，西湖不免小了些儿，什么东西都挨得近了些儿。从这一边看那一边，岸滩、房屋、林木，全清清楚楚，没有太湖那种开阔浩淼的感觉。除了湖东岸没有山，三面的山全像是直站到湖边，又没有衬托在背后的远山。于是来了个总的印象：西湖仿佛是个盆景，换句话说，有点儿小摆设的味道。这不是给西湖下贬词，只是直说这回的感觉罢了。而且盆景也不坏，只要布局得宜。再说，从稍微远一点儿的地点看全局，才觉得像个盆景，要是身在湖上或是湖边的某一个所在，咱们就成了盆景里的小泥人儿，也就没有像个盆景的感觉了。

湖上那些旧游之地都去看看，像是学生温习旧课似的。最感觉舒坦的是苏堤。堤岸正在加宽，拿挖起来的泥壅一点儿在那儿，巩固沿岸的树根。树栽成四行，每边两行，是柳树、槐树、法国梧桐之类，中间一条宽阔的马路。妙在四行树接叶交柯，把苏堤笼成一条绿荫掩盖的巷子，掩盖而绝不叫人觉得气闷，外湖跟里湖从错落有致的枝叶间望去，似乎时刻在变换样儿。在这条绿荫的巷子里骑自行车该是一种愉快。散步当然也挺合适，不论是独个儿、少数几个人还是成群结队。以前好多回经过苏堤，似乎都不如这一回，这一回所以觉得好，就在乎树补齐了而且长大了。

灵隐也去了。四十多年前头一次到灵隐就觉得那里可爱，以后每到一次杭州总得去灵隐，一直保持着对那里的好感。一进山门就望见对面的飞来峰，走到峰下向右拐弯，通过春淙亭，佳境就在眼前展开。左边是飞来峰的侧面，不说那些就山石雕成的佛像，就连那山石的凹凸、俯仰、向背，也似乎全是经名手雕出来的。石缝里长出些高高矮矮的树木,苍翠、茂密,姿态不一,又给山石添上陪衬的装饰。沿峰脚是一道泉流,从西往东,水大时候急急忙忙,水小时候从从容容,泉声就有宏细疾徐的分别。道跟泉流平行。道左边先是壑雷亭,后是冷泉亭,在亭子里坐,抬头可以看飞来峰,低头可以看冷泉。道右边是灵隐寺的围墙,淡黄颜色。道上多的是大树,又大又高,说"参天"当然嫌夸张,可真做到了"荫天蔽日"。暑天到那里,不用说,顿觉清凉,就是旁的时候去,也会感觉"身在画图中",自己跟周围的环境融和一气,挺心旷神怡的。灵隐的可爱,我以为就在这个地方。道上走走,亭子里坐坐,看看山石,听听泉声,够了,享受了灵隐了。寺里头去不去,那倒无关紧要。

这回在灵隐道上大树下走,又想起常常想起的那个意思。我想,无论什么地方,尤其在风景区,高大的树是宝贝。除了地理学、卫生学方面的好处而外,高大的树又是观赏的对象,引起人们的喜悦不比一丛牡丹、一池荷花差,有时还要过几分。树冠跟枝干的姿态,这些姿态所表现的性格,往往很耐人寻味。辨出意味来的时候,咱们或者说它"如画",或者说它"入画",这等于说它差不多是美术家的创作。高大的树不一定都"如画"、"入画",可是可以修剪,从审美观点来斟酌。一般大树不比那些灌木跟果树,经过人工修剪的不多,风吹断了枝,虫蛀坏了干,倒是常有的事,那是自然的修剪,未必合乎审美观点。我的意思,风景区的大树得请美术家鉴定,哪些不用修剪,哪些应该修剪。凡是应该修剪的,动手的时候要听美术家的指点,唯有美术家才能就树的本身看,就树跟环境的照应配合看,决定怎样叫它"如画"、"入画"。我把这个意思写在这里,希望风景区的管理机关考虑,也希望美术家注意。我总觉得美术家为满足人民文化生活的要求,不但要在画幅上用功,还得扩大范围,对生活环境的布置安排也费一份心思,加入一份劳力,让环境跟画幅上的创作同样地美——这里说的修剪大树就是其中一个项目。

四湖记

◎曹聚仁

莫愁湖

湖水千秋有断霞,池边树冷暮啼鸦。

柳条攀折愁谁诉? 帆影沿江几片斜。

——吴荆元《莫愁湖》

南京的名胜古迹,我依着吴敬梓的《金陵景物图诗》一一对照着看,先先后后也差不多到过了。不过,吴氏在南京住得久,熟知金陵掌故,说得更周全些。吴氏在《儒林外史》结尾,说了四位理想人物,第一位是荆元,做裁缝的,南京上元人。其人姓吴名亨,字荆元,真的是成衣工人,却会写八分书,诗也做得不错,上面这首题莫愁湖绝句,就是他写的。依吴敬梓的理想,一个有用的知识分子,不要如倪老爹那样手不能提,肩不能挑,末路穷途,要卖儿鬻女过活的。荆元这样有自己的生活技能,业余才写写字,做做诗,并不是为的什么风雅,这才是真正的读书人。荆元的诗,才是真实感的诗。这一点,我是最和吴敬梓同调的。

吴敬梓借杜少卿的口,说了他自己的诗论:有实感才有诗。他的作品中没有酸腐的"无病呻吟"。他大概和荆元一同在莫愁湖边晨昏与共握手谈心过的。他在莫愁湖的图中引

说:出三山门(今水西门)外半里许,有莫愁湖,相传妓名莫愁
者居此,因以为名。可是梁武帝诗云"洛阳女儿名莫愁",那就
不会在金陵。其所以传闻者,以石城二字。按楚有石城,莫愁
居之,却也不是这一石城。湖广数顷,水色萦洄,石城横亘于
前,江外诸峰,遥相映带。中有园亭,盛夏时轩窗四启,清风徐
来,令人忘暑。此湖在明代为徐中山王(达)家园,乃是洪武帝
赐给他的。相传,洪武和徐达下棋,洪武输了,就把莫愁湖送
给他,因此湖中有楼曰胜棋楼,或许确有其事。中经兴废,清
乾隆年间重加修建,增筑郁金堂、湖心亭,栽花植柳,称"金陵
第一名胜",也就是吴敬梓、吴荆元所目睹的。太平军战后,湖
淤园废。民初,我第一次访古,一片荒凉,只落得"幽静"二字。
前几年,我重访莫愁,全湖已经修整完工,重建胜棋楼、郁金
堂、荷厅、回廊、方亭、水池……辟为莫愁湖公园,湖堤广植垂
柳白杨数万株,成为城西的最大公园。正如吴敬梓所咏的:

> 美人不可见,摇首望天末。蔓草萦裙带,繁华点妆
> 额。遥望风潭清,渐见溪堂豁。野水飞鸳鸯,乔木鸣鸧
> 鸹。当风抚层槛,湖外山一抹。

我也和沈三白、张宗子一样,对名园胜迹,不爱赶热闹。
我想吴敬梓当年也一定如此。秦淮河东西十里,值得我们留
恋的,倒是青溪,有如杭州的西溪。过大中桥而北为青溪,孙
吴时,凿东渠通城北堑以泄后湖水,其流九曲,达于秦淮。而
今河道从潮沟南流入旧内,所过复成桥、西华门、莲花桥、珍珠
桥(陈后主所命名)、元武桥、红桥、竺桥,入濠而绝,所谓青溪
一曲也。秦淮水亭相连,笙歌灯火,沸地喧天。路入青溪则两
岸皆竹篱茅舍,渔唱樵歌互答于冷烟衰草之外。这才有着村
乡渔舍风味。吴敬梓曾有青溪诗云:

"路过白下桥,绿波静如练。林中宿鸟安,桥影行鱼见。旧风水淤滞,断垣藤萝胃。筑城断淮流,凄然思李昇。"

至于古代负盛名见之于诗文的胜迹,如城南乌衣巷的王谢故里,城东南,谢太傅所隐居的东山,带着美人气息的桃叶渡(王献之婢女渡河处),只能发思古之幽情;眼前所见,只是"城南送夕晖,春风燕子飞",怅然而已。

风雨说鹅湖

> 长松夹道摇苍烟,十里绝似灵隐前。
> 不见素鹅青嶂里,空余碧水白云边。
> 氛埃斗脱三千界,潇洒疑通十九泉。
> 五月人间正炎热,清凉一觉北窗眠。
>
> ——喻良能《鹅湖寺》

一位学生写信给我,问我:"鹅湖在哪里?鹅湖之会是怎么的一回事?"

鹅湖在江西铅山县东北,周回四十余里,诸峰联络,若狮象犀猊,最高者峰顶三峰挺秀。"山上有湖多生荷,故名荷湖"。东晋人龚氏居山蓄鹅,其双鹅育子数百,羽翮成乃去,更名鹅湖。唐大历中大义智孚禅师植锡山中,双鹅复还。山麓有仁寿院,禅师所建,今名鹅湖寺。

这是古代道士修道之地,也是禅宗胜地。宋明理学家朱(熹)、陆(九渊)两氏论道于此,鹅湖之会乃是近代文化思想史上最重要的一页。和年轻朋友谈哲理,"卑之无甚高论",也还是隔了一层,难以契悟。且说说我一生的感受,这是一个六十岁老头子,对十六岁青年的闲谈。

湖

　　我的孩子们都是城市里长大的。雷女八九岁时,我教她念辛弃疾(稼轩)的《村居》(清平乐)词:

　　　　茅檐低小,溪上青青草。醉里吴音相媚好,白发谁家翁媪? 大儿锄豆溪东,中儿正织鸡笼;最喜小儿无赖,溪头卧剥莲蓬。

　　那时,辛稼轩隐居在鹅湖一带,他所写的景物,和我们家乡的十分相似。前几年,雷女到乡村去了几回,写信给我,特地提到辛氏这首词,可见她所得印象之深。假使要谈鹅湖,我就请他们念念辛氏的词。

　　辛稼轩还有一首《鹅湖寺道中》(鹧鸪天)词,云:

　　　　一榻清风殿影凉,涓涓流水响回廊。千章云木钩辀叫,十里溪风穤䄴(稻名)香。冲急雨,趁斜阳,山园细路转微茫。倦途却被行人笑,只为林泉有底忙!

　　在这样幽静天地中,他有时悠然自得,有时却也焦思劳人。所以他说:"倦途却被行人笑,只为林泉有底忙!"("底","什么"之意。)所以他在另外一首写道:"明画烛,洗金荷,主人起舞客齐歌。醉中只恨欢娱少,无奈明朝酒醒何?"他和他的朋友,都是心切家国兴亡,虽是买得青山好,却恨归来白发多的。

　　我到鹅湖,是一九三八年冬天,景物当然和辛稼轩所写的春夏锦绣画图,截然不同。只是一片雪白的茶花,点缀在苍松翠柏丛中,益然有生气。朝阳初升林梢,万丈深谷,为雾衣所蒙,作浓睡态;老杉也像是很倦似的,倒挂在那儿。我一步一步跋涉上山,依崖石小休。自然景物,引我入于深思,恍然于宋代哲人在这儿高谈论道的精神,或许我也会插嘴谈论,作惊人之论的。

抗战初期情势，也和南宋当年康王构流转于两浙东西，穷戚江左差不多。和辛稼轩相往来于鹅湖一带的，仍是陈同甫、朱熹、吕祖谦那些朋友，论学固是切身事，论世更是刻骨痛，我们该记取"郁孤台下清江水，中间多少行人泪"的。

> 树犹如此堪重别，只使君从来与我，话头多合。行矣置之无足问，谁换妍皮痴骨。但莫使伯牙弦绝。九转丹砂牢拾取，管精金，只是寻常铁。龙共虎，应声裂。
>
> ——陈同甫《和辛稼轩鹅湖词》

南宋孝宗淳熙十五年(1188)，在中国学术思想史上，是很重要的一年。有名的朱陆同异之争，为了周敦颐的《太极图说》，双方又作全面的检讨。那年，朱熹已经五十九岁，他开始用《太极图说》、《西铭义解》教授弟子。朱子和陆氏兄弟主张固不相同，和他的友好吕祖廉，以及浙东学派诸大师如陈同甫(亮)、叶水心也不相同；又上几年，朱氏提出了种种批判。那年冬天，陈同甫访辛稼轩于上饶(信州)，辛氏赋《贺新郎》，记两人的肝胆相照。词前有一小序，云：

> 陈同父自东阳来过余(东阳，金华属县之一)，留十日，与之同游鹅湖，且会朱晦庵于紫溪(紫溪在铅山县南，那时朱熹在福建建阳讲学)。不至，飘然东归。既别之明日，余意中殊恋恋，复欲追路，至鹭鸶林，则雪深泥滑，不得前矣(鹭鸶林，常山小镇)。独饮方村(上饶小镇)，怅然久之，颇恨挽留之不遂也。夜半投宿吴氏泉湖四望楼，闻邻笛悲甚，为赋《贺新郎》以见意。又五日，同父书来索词，心所同然者如此，可发千里一笑。

他们这两位爱国志士，"憩鹅湖之清阴，酌飘泉而共饮，长歌相答，极论世事"。身在江湖，恨切胡虏，所以辛词中说："剩水残山无态度,被疏梅料理成风月。两三雁,也萧瑟。"辛词寄了,陈同甫便写了和词,辛氏又和了前韵,陈同甫又和了两词。在朱熹心目中,既把道统绝学看得更重,所以他既未应约往紫溪,也不曾写《贺新郎》歌词。

朱熹皖南婺源人,幼年随父在建阳,他幼年的学识和闽学李延平关系很深。朱氏也曾在信州南岩寺读书,又曾在仁寿寺(鹅湖书院)讲学,因此,他和鹅湖的渊源,正是宋明理学的投影。在我的记忆中,鹅湖书院在仁寿寺的左边,仁寿寺的鹅湖塔,又在鹅湖书院的左边,因之,书院恰好在寺与塔之间。在鹅湖后面为虎山,前面为狮山,右下为象鼻山,左上为龙山,合称鹅湖山,顶尖为峰顶山。信江自东而西,北绕鹅湖山约十里许,西流入鄱阳湖。灵山与鹅湖山,复隔信江而对峙。

鹅湖斜塔,抗战初期,虽已残破,还是存在的。这一斜塔,行人可以沿斜行而上;我借月光,走到三楼只得住步了。到了抗战后期,这座斜塔,便坍毁了。据传塔基下为石廓,廓中有石柜,柜中有铜盒,盒中有金盒。金盒中乃是大义禅师的"舍利子"。"舍利子"是高僧火化后爆出来的精灵。可是,石廓犹在,其他都不见了。

又传,鹅湖书院四贤祠后院中,有"白夫人狐仙之墓"。这位狐夫人,她本来是要来迷惑朱熹这位道学大师,使之失性;后来却受了朱氏的感悟,成为他的保护神,诸妖远避,朱氏也成了正果。这些话,只能姑妄言之、姑妄听之的。

那天,一清早就上了鹅湖峰顶山。(在古代,峰顶山的寺该是鹅湖寺;后来,山顶的叫峰顶寺,山脚则有仁寿寺,和鹅湖书院。)辰刻便下山,午间经石溪,回到上饶。那晚,真是万念如潮,有许多话要说。我总不能对着墙壁叫喊,恰好信江中学请我演讲,我就对那些中学生谈我的鹅湖观念——"现实主义的哲学"。(信江中学,也有高中学生,而且那儿中学生年纪比较大些。)

我说我到鹅湖以前,以为鹅湖只是朱(熹)、陆(九渊)论异同之地。到了鹅湖,我知道我的想法是错误的。固然,朱、陆之间有同异,朱、陆与吕祖谦、陈同甫之间也有同异,在现代人看来,这一同异,比朱、陆之间的同异,还要大些。我疑心朱熹不应陈同甫之约到紫溪去,或许和他的决意讲论《太极图说》有关(或许天气不好)。还有一点,我觉得鹅湖并不属于理学家的天地,而是禅宗大义禅师的摇篮。相传大义禅师(浙江江山人)在长安做了国师,倦游回来。到了鹅湖,那飞去了一千年的天鹅也飞回来了。这当然是神话。可是,鹅湖处处有大义的踪迹(他的舍利子,就藏在鹅湖塔下)。我们走上大义桥、舍身岩(新罗僧慕法来此,舍身岩下),似乎英灵不泯。至少,朱、陆的理学思想有着禅宗的底子,在佛、僧之间的同异,比朱、陆同异更吃重些,我们得听听大义的说法。

鹅湖之会(1178)后六百年,乾隆四十二年(1777),朱熹的后学戴东原(清代朴学大师)在北京逝世。浙东史学家章实斋特地写了《朱陆篇》,说:"……宋儒有朱陆,千古不可合之同异,亦千古不可无之同异也。末流无识,争相诟詈,与夫勉为解纷,调停两可,皆多事也。"这话,我以往一直不懂得,从鹅湖回来,我懂得了。即是说大义有大义的观点,朱、陆有朱、陆的观点,吕、陈有吕、陈的观点,各是其是,各非其非,是不必调停两可的。

但是,我在鹅湖后步下山时,日机从空中隆隆飞过,我们知道日军离开鹅湖不过几百华里,假使日军沿着浙赣路冲过来了，试问大义、朱、陆，有何办法？实在还是陈同甫、辛稼轩在鹅湖所说的合实际，这是民族最危急的时候，"道统"又有什么用？所以，宋明理学虽是昌明，却无补于国家的安危。我对那些年轻青年说：鹅湖之会是重要的，也可说是不重要的。我当时写了一首诗，中有"千古异同空朱陆"之语。

抗战末期，时势更加艰难，民生也更困苦。重庆大学教授马寅初先生高声疾呼，杀孔、宋以谢国人，触犯了禁忌，被拘囚于贵州息烽。其弟子李寿雍，商请转移马先生于鹅湖，他在前贤论道之地住了一年多，直到抗战胜利。我往来匆匆，不及和马先生谈论他的感受，一直惦记着的。

鄱阳湖的画面

我国的社会经济，从八世纪以后，重心已经慢慢地从黄河流域移到长江流域来了。到了十世纪，赵宋的政权，虽然仍在河南开封，但国家的经济，就依靠着江南的粮食、丝麻的供应。在北宋的政治史上，有着北人、南人明争暗斗的痕迹。所谓"南人"，则指当时的江南东西路的人士。晁以道言："本期文物之盛，自国初至昭陵(仁宗)时，并从江南来。二徐兄弟(铉、锴)以儒学，二杨叔侄(亿、铉)以词章，刁衍、杜镐以明习典故，而晏丞相(殊)、欧阳少师(修)巍乎为一世龙门。纪纲法度，号令文章，灿然具备。庆历间人材彬彬，皆出于大江之南。"新旧党的政治冲突，其中就有新旧思想的分歧。王安石的主张，便代表着南方人的激进派新思想，和北方的守旧主张相矛盾的。

笔者进入江西，乃是从浙东沿着浙赣路西进的，这和中原文化自北南迁的路向，并不相同。经过了两晋南北朝、五

174

代十国,以及辽、金两宋的长时期民族战争,北方人士,包括河北、河南、山西、山东一带的汉人,就带着中原文化(生产工具、方式)到东南一带生了根,而且抽了条,长了叶,开花结果。男耕女织,本来是农业社会的基本条件;天下财富,本来是集中在关中,泾渭流域的粮食,乃是帝业的基础。而今则天下粮食,以太湖流域为中心,鄱阳盆地、洞庭盆地和成都盆地次之,宋、元、明、清各代的赋税,北方变成不足轻重了。古代的农业,河南、山东的麻桑,乃是丝布的主要产品,而今蚕桑首推江浙,鄱阳湖盆地大量产麻,也是纺织的主要原料。西方人心目中的东方物产,丝茶素来并称;鄱阳湖的四周,正是产茶的地区。浮梁在它成为"瓷都"以前,早已成为"茶都"了。

中国的陶瓷器,到了唐宋,已经进步到手工业的顶峰;北宋的定窑(在河北定县),出品已经十分精细。南宋以后,瓷器就移到鄱阳盆地来。说起来,浮梁(景德镇)是瓷都,其实星子、祁门的泥土,配上了浮梁的釉,这样才完成了瓷器的体系,而沿信江及鄱阳东岸,都是陶器的世界。代表近代中国文明的印刷(刻板及活字),鄱阳湖南边的浒湾(属抚州),就是刻板的中心地区之一。江西省内的四大镇,浮梁系瓷都,其他三镇,河口镇系米粮中心,樟树镇系药物中心,吴镇系木材中心;在农业手工业社会,鄱阳湖盆地显然居于最重要的地位。那位写手工业技术经典——《天工开物》的宋应星,他便是江西人。

中原人士渡江而南,在江南各地定居下来,有一线索是很明显的。那位语言学家罗常培氏,在山东青岛碰到一位江西临川青年学生,他一听这学生的语音,就知今日的临川音,正是古代的中原语音。于是,从客家的语音,追寻客家人迁移的路向。原来,南迁的中原人士,在鄱阳盆地定居以来,沿着赣江而南,到赣州以后,又沿贡水以上到了瑞金,越山到了闽西、闽南,再由粤东沿海南下,发展到广东各地的。我们说鄱阳湖乃是近代中国文化的摇篮,并不为过。

中国戏曲界,曾经盛大纪念过那位明代戏曲家汤显祖(若士)。汤氏江西临川人,他的时代,正和西方大戏曲家莎士比亚相同(莎翁1564年生,1616年卒。汤氏1550年生,1616年卒);他的《玉茗堂四梦》(《还魂》、《邯郸》、《南柯》、《紫钗》),正和莎士比亚的戏曲东西相辉映。原来,南宋以后,源于浙东的"温州杂剧",乃是南曲的先河。史缺有间,到了我们所能溯源的阶段,南曲已经形成了"昆腔"与"弋阳腔"两大支流。昆腔之先,便是海盐腔,其先乃是渡海而东的余姚腔。我们推测,从温州向西南,经陆路而入赣东,在鄱阳湖盆地成熟的便是弋阳腔。但"昆"、"弋"分途,并不是像姊妹一样嫁出去就算了的。到了明中叶,一位江西宜黄的大司马谭纶,他驻防浙西海盐,对于澉川杨氏(杨梓父子)所蓄养声伎的海盐腔十分欣赏(他又鄙弃了弋阳腔的粗野),把海盐子弟带到宜黄去,和弋阳腔结合起来,产生了新的弋阳腔(也正是宜黄腔)。汤显祖的《玉茗堂》曲本,也正是海盐腔、弋阳腔结合后的新作品。弋阳腔本来流传得广,在鄱阳湖盆地发展的乐平腔,向皖南伸展,则有徽腔,渡江则成为楚调、黄梅调,入湖南则为湘戏,入福建则为闽戏。它和昆腔互相争雄,互相渗透,从血缘上看去,无论粤剧、桂戏、川戏,都有密切关系。(徐文长《南词叙录》:"今唱家称弋阳腔者,则出江西、两京、湖南、闽、广用之。称余姚腔者出会稽,常、润、池、太、扬、徐用之。称海盐腔者,嘉、湖、温、台用之。惟昆山腔止行于吴中。"可足佐证。)我们说鄱阳湖盆地乃是孕育近代中国戏曲的摇篮,并不为过。

欧阳予倩先生说:"弋阳腔源出江西,它传布的地域很广,所有的大型的戏曲,可以说没有不受弋阳腔影响,没有不包含弋阳腔成分的。现存的高腔也就是弋阳腔系统。另外,弋阳腔和安徽的各种曲调相结合,便又起了各种不同的变化,从吹腔、四平、拨子等曲调,还看得出一些衍变的痕迹。弋阳腔跟安徽的曲调相结合,便由独唱帮腔而为笛子伴奏。后来用笛子伴奏的腔调,如四平、拨子之类,又都改用胡琴伴奏。这样的变迁,使弋阳腔原来的面貌逐渐模糊,可是它因此而传播更广,它和陕西、山西的梆子腔也结了姻缘。至于昆腔,尽管它曾和弋阳腔对立争霸,可是,它还是接受了弋阳腔的成分;乱弹方面,那就更不用说了。"在笔者心目中,认为在太湖流域那充裕的农业经济条件中,孕育了昆腔,而在鄱阳盆地这样的农业社会孕育了弋阳腔,并不是偶然的!

笔者在赣东巡游时期,曾经到过朱(熹)、陆(九渊)论道的鹅湖,也曾到过道教圣地(张天师家乡)龙虎山,前年又到了朱熹讲道的白鹿洞,王阳明证道的天池。当年也曾到陆九渊的家乡金溪,王安石的家乡临川,洪迈的家乡鄱阳。原来,一部近代中国思想史,正是一部鄱阳盆地文化发展史。我到临川那一个月,踯躅于玉茗堂前,恍然有所悟;所以就借一处军官座谈会把我一肚子的话说出来,不管他们对社会人生作何种看法,我总要一吐所怀而后快。(我那回夜宿鹅湖,晨登峰顶山回来,就在信江中学讲演现实主义的人生哲学。)鄱阳盆地,乃是孕育我的思想体系的新天地。

谈中国哲学思想史的,总以为鹅湖之会,显得朱陆的同异,依然存在;章实斋且说朱陆同异乃千古不可无之同异。直到今日,朱陆同异,依然不能作解答的同异。其实,不独朱、陆有同异,金华学派对朱、陆之间也有同异。但,从峰顶山和鹅湖的距离看来,朱陆同异,又算不得什么了不得的大事。我到了龙虎山,不禁哑然失笑,因为,无论从峰顶山或鹅湖看来,龙虎山总是最荒谬不经的。但,龙虎山的阴阳五行之说,又代表着朴素的唯物论,他们是最荒谬的,却又是最科学的。朱陆之间的同异,在葛洪的心目中,是不存在的。

　　到了临川,我倒觉得王安石的功利主张,和浙东的金华、永嘉学派却相符合。程氏兄弟和王荆公的同异,事实上也正含蕴着朱陆同异的本质。这也是中国思想史上有趣的课题。我在玉茗堂前,恍然有所悟;汤若士这位戏曲大师,他并不仅是新弋阳腔的作手,而是面对着"朱陆同异"、"儒佛同异"、"佛道同异"这些思想尘雾团,投下了"唯情主义"的照明弹。他不相信宋明理学家已经在"儒佛异同"上解决了什么。他认为宋明理学家,已经远离儒家本质,理学家虽说和佛法相对立,却受了佛法的深重影响,变成否定人生的泥塑木雕没有人性的人了。他的《牡丹亭》,一开头就在讽刺戴理学家面具的迂腐老儒陈最良。丫环春香替那春心已动的小姐杜丽娘,向陈老夫子问:《关雎》诗中窈窕淑女,君子为什么好好去求她的道理。孔老夫子明明说情之所至,圣人不禁;那位陈老夫子,却气得要打人了。那段趣剧写出情与理之矛盾冲突,这是朱陆鹅湖之会所不曾讨论的课题,也是峰顶山与鹅湖所不敢触及的问题。所以汤氏朋友们非难他,说他为什么不把他自己的才学向理学去发展,专干无关圣学的勾当——戏曲呢?汤氏便严正地说："诸公所谈者理,区区所谈者情,各有千秋,不必相溷!"他在《牡丹亭·题辞》中说:"情不知所起,一往而深,生者可以死,死者可以生。嗟夫,人世之事,非人世所可画,自非道人,恒以理格耳;第云理之所必无,安知情之所必有耶?"他对理学家所下的挑战书,使我们更想起西方那位大戏曲家莎士比亚的《仲夏夜之梦》来!

鸳鸯湖——嘉兴南湖

> 千古南湖水,偏宜此夜秋。
> 清尊邀皓月,桂楫荡中流。
> 露泾汀花秀,云塞古木愁。
> 美人天际隔,萧瑟罢登楼。
>
> ——徐之福《南湖秋撰》

　　一九三二年春,一九三七年秋,我两次过嘉兴,游南湖(鸳鸯湖),都是戎马倥偬,情绪非常坏,意兴索然。可是,南湖的影子一直在我的记忆中,因为吴梅村的《鸳湖曲》,乃是我最爱好的旧诗之一,不独触景生情也。日前,《艺林》刊载吴梅村《南湖春雨图》(上海博物馆藏),朱慧深先生有专文记注,又引起了我的感想。

　　王象之《舆地记胜》:"鸳鸯湖在嘉兴城南,湖多鸳鸯,故以名之,亦名南湖。"对我们来说,南湖青菱,鲜美清甜,十分可口,荡舟采菱也是韵事。明末文士、复社巨头之一吴昌时,家拥巨财,备极声伎歌舞之乐。鸳鸯湖乃其私家园林,今日的烟雨楼,便是当年演戏的前后台,主人邀客在画舫饮酒、看戏。与会的都是一般文士,酒酣歌热,和歌伎欢乐终宵。歌伎乃是吴氏所家蓄,多绝色少女;曲部新声,乃当时名家新谱。我国南曲,海宁一枝独秀,复社文士,对这一方面的兴趣是很高的。
梅村《鸳湖曲》,开头那段说:

> 鸳鸯湖畔草粘天,二月春深好放船。
>
> 柳叶乱飘千尺雨,桃花斜带一溪烟。
>
> 烟雨迷离不知处,旧堤却认门前树。
>
> 树上流莺三两声,十年此地扁舟住。
>
> 主人(指吴昌时)爱客锦筵开,水阁风吹笑语来。
>
> 画鼓队催桃叶伎,玉箫声出拓枝台。
>
> 轻靴窄袖娇妆束,脆管繁弦竞追逐。
>
> 云鬟子弟按霓裳,雪面参军舞鸜鹆。
>
> (这几句是说吴昌时的歌伎在烟雨楼中扮演昆剧。)
>
> 酒尽移船曲榭西,满湖灯火醉人归。
>
> 朝来别奏新翻曲,更出红妆向柳堤。

这样游宴色情的生活,又是极美丽的自然景物,真是神仙不啻也;但是吴昌时的名利念重,不忘权势,要入京做官去。曲中接着说:

> 欢乐朝朝兼暮暮,七贵三公何足数。
>
> 十幅蒲帆几尺风,吹君直上长安路。
>
> 长安富贵玉骢娇,侍女薰香护早朝。
>
> 吩咐南湖旧花柳,好留烟月伴归桡。
>
> (长安指京都朝廷之意。)

吴昌时颇有干才;崇祯十四年,周延儒当相,信用吴昌时,特擢为文选郎中。十六年六月,延儒归里,西台蒋拱宸疏纠昌时同延儒朋党为奸,招权纳贿,赃私巨万。七月二十五日,崇祯帝御文华殿,亲鞫情事,昌时铜夹,折胫,一一承认。帝愤恨气塞,拍案叹噫,推翻案桌,迅尔回宫。锦衣官虑时复审,悉系之狱。至十二月初七日五更，昌时弃市，延儒亦赐自尽。他的收场是很悲惨的。因此，曲中转了一语：

> 哪知转眼浮生梦，萧萧日影悲风动。
>
> 中散（嵇康）弹琴竟未终，山公启事成何用，
>
> （借山涛来暗指周延儒。）
>
> 东市朝衣一旦休，北邙坏土亦难留。
>
> （北邙在洛阳北郊，此亦借用。）
>
> 白杨尚作他人树，红粉知非旧日楼。
>
> 烽火名园窜狐兔，西阁偷窥老兵怒。
>
> 宁使当时没县官（指天子），不堪朝市都非故。

朱氏的记注中说："方张溥之居林下也，谋起复周延儒以揽中枢政柄。其居间奔走者，吴昌时也。昌时固复社健者，居铨曹，号摩登伽女，有妖气之目。已先杀薛国观，更谋起周延儒，集巨赀以为活动之费，每股万金，阮大铖、冯铨、侯恂（方域父）皆股东也。牛手眼通天，其法为通内，通珰，通厂。通内者纳田妃也，通珰所以通内，通东厂锦衣卫（皇室之特务机构），亦操纵随心，然其败亦在此。"

吴昌时既败，吴氏家园（鸳鸯湖在园中）便抄了家，归了公有；烟雨楼中，也就住了看管的士兵。顺治九年，梅村寓嘉兴万寿宫，又到了南湖，乃感旧作曲。慨然道：

> 我来倚棹向湖边，烟雨台空倍惘然。
>
> 芳草乍疑歌扇绿，落英错认舞衣鲜。
>
> 人生苦乐皆陈迹，年去年来堪痛惜。
>
> 闻笛休嗟石季伦，衔杯且效陶彭泽。
>
> （吴氏的收场，颇近晋代的石崇，故云。烟雨楼，吴越时钱元璙所建。）

君不见白浪掀天一叶危,收竿还怕转船迟。

世人无限风波苦,输与江湖钓叟知。

人海沧桑,黄粱梦醒,身与其会的,感慨更深。前几年,我们到了奉化溪口,临武水,对妙高台,我口里念念有词。珂云问我念的什么,我说"吴梅村的《鸳湖曲》"。她也喟然长叹道:"我来倚棹向湖边,烟雨台空倍惘然。"古今同慨之处甚多。

梅村还有《鸳湖感旧》律句,前有小序,云:"予曾过吴来之竹亭湖墅,出家乐张饮。后来之以事见法,重游感赋此诗。"有"风流顿尽溪山改,富贵何常箫管哀"之句,其意相同。那时,梅村的儿女亲家陈之遴,也有《鸳鸯湖感旧》江城子词,云:"鸳鸯湖上水如天,泛春船,此留连。急盏哀筝催,月下长川。满座贤豪零落尽,屈指算,不多年。""重来孤棹拨寒烟,罢调弦,懒匀笺。交割一场春梦与啼鹃。不是甘抛年少乐,才发兴,已萧然。""交割一场春梦与啼鹃",也正是梅村的诗意。

吴昌时的身后是很悲惨的,《霜援集》有诗句,云:"一棺归葬松陵后,风雨楼中二女思。"(原注:昌时伏法后,有得其二女,皆绝色。)这两女,便被陈名夏的儿子掖臣所包占。《明诗记事》有《湖山烟雨楼》诗,云:"势去朱门惟坠吻,邸封青岸有垂杨。孤儿亡命移名氏,橐葬归魂还夕阳。"昌时死后不久,明室已亡,到了清初,又是一个局面了。

不过,我在这儿追述这一段和鸳鸯湖有关的掌故,并没有要激起世人对吴氏同情之意。吴昌时那一群文士,即如周延儒那位汲引他的宰相,在乡间也是豪绅恶霸。周延儒的祖坟,便是被宜兴乡民挖了烧了的,可见民众对权臣豪绅积忿之深。吴昌时私人园宅,占有鸳鸯湖的胜景,其豪侈生活,也早为乡民所痛心疾首的了。他的贪污劣迹,首先揭发的,便是浙东山阴的名臣祁彪佳。当周延儒祖坟被挖时,祁氏正巡按苏、松诸府,捕治如法,却对周氏并不表示尊敬。祁氏尝询吴昌时于东林巨公,巨公曰:"君子也。"将荐矣,复质之刘蕺山,蕺山曰:"小人也。"乃易荐章为弹章(见沈冰壶《祁氏传》)。明末,宫中太监固无恶不作,东南的东林党、复社,也是绅士集团,其鱼肉乡里,搜刮剥削,也是千夫所指的。东林党人党同排异,有许多是非之论都是靠不住的,所以刘蕺山对吴昌时的品评,和东林党人的说法,截然不相同。

最有趣的是那位打击了吴昌时的祁彪佳,在吴氏伏法后两个月,南归到了嘉兴。癸未(崇祯十六年)十月初十日日记:"从南湖行经烟雨楼及吴来之园,但遥望而已。过陆宣公桥北,观项氏园……暂泊于三塔湾。"朱氏说他"当日心情亦甚复杂也",此意很对。朱氏又说:"以祁氏经行诸处推之,则竹亭必在南湖之畔,密迩烟雨楼,而位于去三塔寺道上。吴氏园为明末叠石名山水张南垣所构,上引彪佳日记,其前一日有访南垣于西马桥,晤其子张轶凡纪事。祁氏的寓山园,即请轶凡为之布置者。"人世间就有这么多的悲喜剧呢!

> 翁子穷经自不贫,会稽连守拜为真。
> 是非难免三长史,富贵徒夸一妇人。
> 小吏张汤看踞傲,故交庄助叹沉沦。
> 行年五十功名晚,何似空山长负薪。
> ——吴梅村《过朱买臣墓》

我两次到嘉兴,游南湖(鸳鸯湖以与澂浦北湖相对,故称南湖),都在兵荒马乱,心绪极坏的时候,因此,山水景物徒惹人愁。南湖广一百二十顷,可是弯弯曲曲有三十六湾之称;我坐在小船上,就让船娘随意撑来撑去,或停或走都无所谓。

（南湖的船娘和寺庵的女尼是有名的，可是战事一起，日机在城中投过弹，湖上也不见人影，只泛着我那只小船，有着乾坤末日之感。）我默默地念着吴梅村的《鸳湖曲》，突然，船娘说是到了东塔寺了。登岸一看，原来是东塔雷音阁，阁后为朱买臣墓；吴梅村也有《过朱墓》的律句。吴氏自注："朱墓在嘉兴东塔雷音阁后，即广福讲院。"（《一统志》称：朱买臣墓在嘉兴县东三里东塔寺后，其妻墓在县北十八里，一名羞墓。东塔寺相传即买臣故宅，梁天监中建寺。）

西汉得了天下的刘邦，是典型的流氓，朱买臣、庄助，也是典型的穷书生。庄助、朱买臣，都是太湖流域人，所以一朝得志，就要回家乡去威风威风，最主要的是要气气他那不甘贫穷离去了的妻子。（旧剧中的《马前泼水》，就是写这一故事。）他们得意时，张汤为小吏，曾经折辱了他；哪知张汤也得意了，他们也倒了霉了。朱买臣的下场，和吴昌时也差不多的。所以吴梅村诗中说："是非难免三长史，富贵徒夸一妇人。"又说："行年五十功名晚，何似空山长负薪。"黄粱梦醒，我们都想借吕先生的枕头的。

船娘又把小船停在另一湾上，说是苏小小墓。我是浙东人，对于苏小小是杭州人还是嘉兴人，她的坟在西湖边还是在南湖边，毫无意见。至于苏小小是南朝人，还是唐朝人，在我们有历史兴趣的人，也只觉得有点可笑，还是让袁子才去刻"钱塘苏小是乡亲"的印子吧。吴梅村有四首无题诗，写他自己的一段浪漫史，第三首云：

> 错认微之共牧之，误他举举与师师。
>
> 疏狂诗酒随同伴，细腻风光异旧时。
>
> 画里绿杨堪赠别，曲中红豆是相思。
>
> 年华老大心情减，辜负萧娘数首诗。

环绕南湖那一带，都是这一类才子佳人的故事呢。

一九四八年春天，友人们在鸳湖小叙；与会的有邓散木、白蕉、刘郎、余空我和施叔范，他们一时兴起，颇想募化一番，把烟雨楼重修一番，且说好了散木书匾，白蕉写联，刘郎、空我题诗勒石，但他们的话都成虚愿了。（散木已归道山，刘郎在《大公园》，余空我在《文汇报·新风》写诗。）

船娘们所不知道的有一件大事：即是中国共产党第一次全国代表大会是在南湖上召开的，那是一九二一年七月的事。那时，全国只有五十七个党员，推举了十二个代表在上海集会，其中就有毛泽东、董必武、陈潭秋、何叔衡诸氏。共产国际也派了代表参加。本来，他们准备在上海法租界举行，为租界当局所侦知，追捕甚急。他们临时改计，乘车往嘉兴，乘船在南湖上集会，决定了党的组织原则和党的组织机构问题。语云，"星星之火，可以燎原"，今日新中国的大场面，就在南湖一席话开了头的。（那以前，乃是社会主义问题研究会时期。）

敬　启

　　因为某些技术上的原因,致使本书的个别作者尚未能联络上。敬请见书后,即与责任编辑联系,以便我们及时奉上样书与薄酬,并敬请见谅。